OETINGER TASCHENBUCH

Johannes Groschupf

LOST GIRL

Roman

Oetinger Taschenbuch

Außerdem bei Oetinger Taschenbuch erschienen:

Lost Places

Lost Boy

Der Zorn des Lammes

Das Lächeln des Panthers

MIX
Papier aus verantwortungsvollen Quellen
FSC® C002795

1. Auflage 2017

Lektorat: Claudia Müller
Umschlagmotiv und -gestaltung:
Hauptmann & Kompanie Werbeagentur, Zürich
Druck: Livonia Print SIA, Ventspils iela 50, LV-1002, Riga, Lettland
ISBN 978-3-8415-0475-3

www.oetinger-taschenbuch.de

unter menschen wohnen schatten
jeder mensch ist ein versteck
guter mond, du gehst so stille
über meinen kopf hinweg

Leonhard Lorek, *jamais vu*

PROLOG

Wir stellten das Auto in einer Seitenstraße ab. Hier wohnte niemand mehr. Die Grundstücke waren verwildert, die Häuser standen leer. Manche waren zu verkohlten Ruinen abgebrannt. In der Luft lag immer noch der Geruch von Rauch.

»Eine Gallone Benzin ist hier billiger als eine Eintrittskarte fürs Kino«, sagte Mia und nahm ihre Kamera. »Die Jugendlichen machen das zum Vergnügen. Es ist interaktiv. Sie verteilen das Benzin, zünden das Haus an, warten auf die Feuerwehr. Die ganze Umgebung hier ist voller abgebrannter Häuser. Wenn die Feuerwehr überlastet ist, kann sie keine Wagen schicken. Dann schauen die Nachbarn einfach zu, wie das Haus herunterbrennt.«

Die Gegend hinter der Packard Plant, die früher eine riesige Autofabrik gewesen war, hatte sich in den letzten Jahren zu einer urbanen Prärie gewandelt. Jetzt, Ende November, lag sie unter einem grauen, bereits eisigen Himmel. Wir waren stundenlang durch die Viertel gefahren, durch Straßen und über Schotterwege, längst von braunem Unkraut überwuchert, und waren keiner Menschenseele begegnet. In den verlassenen Gärten rosteten Autowracks vor sich hin. Schaukeln schwangen frei im Wind. Auf einer Veranda wuchs ein junger Baum zwischen den morschen Holzbrettern hervor. Gelegentlich liefen uns fünf oder sechs Hunde hinterher, eine eilige Horde. Abgemagerte Streuner, die keine Heimat mehr hatten, weil ihre Besitzer vor langer Zeit wegzogen waren und sie zurückgelassen hatten. Mir war nicht klar, ob sie unsere Nähe suchten oder uns verjagen wollten.

»Im Winter kommen auch Wölfe hierher«, sagte Mia, als wir auf das Haus zugingen. »Aber gefährlich sind diese verlassenen Hunde, die uns Menschen kennen und keine Angst vor uns haben. Sie wissen, dass wir verletzlich sind. Sie hassen uns für das, was wir ihnen angetan haben. Nimm dich vor ihnen in Acht.«

Uns standen Atemwolken vor dem Mund. Die Kälte biss sich an unseren Lippen fest, aber sie machte uns auch wach und hellhörig.

»Lass uns hineingehen«, sagte ich.

Der milchig weiße Himmel schien heller zu werden, man konnte die Rundung der Sonne erkennen. Wir gingen durch die Vordertür hinein. Ich hielt den Atem an, als wir den Flur betraten. Man wusste nie, was einen erwartete. Meist waren die Häuser wirklich unbewohnt. Aber manchmal ...

Manchmal hatten sich Hobos dort eingerichtet. Obdachlose, Stadtstreicher. Oder Jugendliche, die von zu Hause ausgerissen waren. Sie nutzten die Häuser gelegentlich als Rückzugsorte. Sahen uns missmutig an, wenn wir durch die Verandatür kamen, und hielten ihre Hunde zurück. Tasteten nach einem Baseballschläger. Wir verstanden nicht, was sie uns zuriefen, und rannten sofort wieder raus. Ein anderes Mal störten wir zwei Dealer, die ihr Lager sortierten. Anfänger, glücklicherweise, sie waren genauso erschrocken wie wir. Einmal stand ein Reh im Wohnzimmer, mit zitternden Beinen und vor Panik geweiteten Augen.

Dieses Haus war leer. In den unteren Zimmern standen nur noch eine Couch, daneben einige Kartons und ein Regal mit Zeitschriften aus vergangenen Jahrzehnten. Ein Geschenk zum Muttertag, noch in der Plastikverpackung, lag auf dem Boden. Wir gingen die Treppe hoch und sahen uns das Kinderzimmer an. Eine Puppe lag in der Ecke, das Gesicht auf dem Teppichboden. Kinderzeichnungen von einer Familie am Tisch, alle Gestalten hatten lange Spinnenfinger und ein breites Grinsen. Mia machte Fotos, wir rührten nichts an. Durch das zerbrochene Fenster wehte eiskalte Luft.

Es waren meine letzten Tage in Detroit, im Dezember war mein Auslandshalbjahr vorbei. Meine Eltern in Berlin freuten sich schon seit Wochen auf meine Rückkehr. Ich nicht. Ich wäre gern noch ein paar Monate lang mit Mia durch die verlassenen Häuser und die aufgegebenen Fabriken gezogen. Wäre gern mit ihr im Frühling nach New York oder Chicago gefahren. Aber ich musste zurück, meine Zeit war vorbei. Unsere Zeit war vorbei.

An diesem Tag fanden wir noch eine ehemalige Kirche, nicht weit von Corktown entfernt. Die umliegenden Häuser waren bewohnt, an der nächsten Straßenecke war ein Liquor Store, vor dem ständig drei oder vier Leute herumlungerten. Wir fühlten uns von ihnen beobachtet und fuhren dreimal um den Block, ehe wir ausstiegen. Die Trinker kümmerten sich überhaupt nicht um uns.

Die Dämmerung setzte schon ein, als Mia und ich in den Kellereingang schlüpften. Das Regenwasser war im ersten Frost zu großen Pfützen vereist. Wir nickten uns wortlos zu, als wir die Treppe nach oben fanden. Es war eine der merkwürdigsten Kapellen, die ich je gesehen hatte. Das Halbrund der Bänke war noch gut erhalten. Die Kanzel für den Prediger war auch noch da. Fünfzig oder sechzig Gebetbücher waren in eine Ecke geworfen, in der Nässe aufgequollen und dann zu dicken Klumpen vereist.

Auch ein Flügel stand da, er wirkte wie ein urzeitliches Tier. Ein Bein war abgebrochen – seitdem kniete das Tier, und es sah aus, als könnte es sich ohne Hilfe nicht mehr aufrappeln. Mia tippte leicht auf die Tasten, die Töne kamen nur zaghaft hervor und klangen wie aus längst vergangenen Zeiten.

Wir saßen eine ganze Weile in der vordersten Reihe und hielten uns an den Händen – ein Paar, das einer unhörbaren Predigt lauscht.

1. KAPITEL

Nach meinem Halbjahr in Amerika fand ich mich in Berlin nicht mehr zurecht. In der Schule wiederholte ich die zweite Hälfte der zehnten Klasse, meine früheren Freunde waren jetzt ein Jahr weiter. Sie hatten andere Kurse, hörten andere Musik, gingen auf andere Partys. Ich ging auf keine Partys mehr, sondern verbrachte die Abende in meinem Zimmer, um mit Mia zu skypen. Anfangs jeden Abend, bis in die Nacht. Sie erzählte mir von den verlassenen Häusern, den Fabriken, die sie neu entdeckt und erkundet hatte. Schickte mir Bilder. Kleine Filme, in denen ich sie flüstern und atmen hörte, während sie durch ein altes, verlassenes Schulgebäude schlich. Oder eine Bücherei erforschte, die vor Jahren geschlossen worden war. In den Regalen lagen noch Tausende von Büchern. Oben im Gebälk einer alten Kirche flatterte eine Taube auf, Mia erschrak so sehr, dass sie fast ihr Handy fallen ließ, das Bild wackelte. Dann lachten wir beide vor Erleichterung. In diesen Momenten fühlte ich mich ihr nah.

»Ich wünschte, du wärest hier«, sagte Mia. »Ich vermisse dich.«

»Ich vermisse dich auch«, sagte ich. Es klang komisch über Skype.

»Du musst wiederkommen«, sagte sie. »Ich will nicht immer allein losziehen.«

Wenn wir uns verabschiedeten, blieb ich vor dem schwarzen Monitor sitzen. Mein Zimmer war still. Meine Eltern schliefen längst. Aber für Mia, drüben in Detroit, begann der Tag jetzt erst richtig. Und ich konnte nicht einschlafen, weil ich die ganze Zeit an sie denken musste.

Wir hatten uns erst im Herbst kennengelernt, als wir beide dieselbe alte Autofabrik erkundet hatten, die Fisher Body Plant. Die meisten Urban Explorer waren allein unterwegs. Normalerweise ging man sich aus dem Weg, nickte sich höchstens kurz zu, in einer Art stillem Einverständnis. Ja, wir haben beide ein seltsames Hobby, du verpetzt mich nicht, ich verpetze dich nicht. So long! Aber Mia war stehen geblieben, hatte sich meine Fotos angesehen und mir ihre gezeigt. Vom Dach aus hatten wir beide die Skyline von Downtown Detroit fotografiert, und dann hatte sie mich mitgenommen. Sie kriegte sich gar nicht mehr ein vor Staunen, weil ich mit dem Bus und zu Fuß unterwegs gewesen war. In Motown!

»Poor boy!«, sagte sie.

Von da an nahm sie mich mit. Am Anfang bedeutete es nichts, wir zogen einfach gemeinsam los, es war sicherer zu zweit und auch unterhaltsamer. Dann planten wir unsere Touren und waren länger unterwegs, und es bedeutete doch etwas. Sie konnte ein paar Worte Deutsch und schwärmte von Berlin.

»Berlin und Detroit, wir sind so«, sagte sie und legte die Zeigefinger ihrer Hände aneinander.

Sie meinte die Hässlichkeit der Städte, sie meinte die Technomusik, und vielleicht meinte sie auch uns beide.

Was mich betraf, so hatte sich daran nichts geändert, die Zeigefinger lagen immer noch aneinander, auch wenn Mia weiterhin in Detroit war und ich jetzt in Berlin. Ich hatte ein Foto von ihr an meine Schreibtischlampe geklebt.

Morgens in der Schule bekam ich die Augen nicht auf. Die anderen Schüler kamen mir jung vor. Naiv. Oberflächlich. Sie hielten mich für arrogant und abwesend. Ich sagte nie was im Unterricht, nur in Englisch, um den Lehrer zu ärgern, der einen grauenhaften deutschen Akzent hatte.

Ich brachte die Stunden in der Schule herum, verschlief zu Hause die Nachmittage und wartete dann darauf, mit Mia zu telefonieren.

Aber nach ein paar Wochen, Ende Januar, Anfang Februar, hatte sie immer weniger Zeit zum Skypen. Musste für die Schule arbeiten. War mit anderen Leuten unterwegs. Wenn wir uns Nachrichten schrieben, war sie wortkarg. Und ich vermisste sie mehr denn je.

Berlin ging mir auf die Nerven. Die Straßen waren laut und voll, die Autofahrer ruppig. Ich hatte hier nichts verloren. Ich wollte nur weg. Ich wollte zurück nach Detroit. Zu Mia. Zumindest den Sommer über.

»Vergiss es!«, sagte mein Vater. »Ich habe keine tausend Euro übrig. Ist ja toll, dass du dich mit deiner Gastfamilie und mit Mia so super verstanden hast. Aber jetzt bist du wieder hier, in Berlin. Kriegst du das eigentlich mit, dass wir auch hier sind? Deine Mutter und ich?«

Nein, dachte ich. »Ja«, sagte ich. »Natürlich. Aber ich kenne hier niemanden mehr. Ich will hier nicht sein. Bitte, Papa. Nur diesen einen Sommer. Es sind nur tausend Euro, so arm bist du doch nicht.« Ich wusste, wo ich ihn treffen konnte.

»Hör auf, Jan«, sagte er. »Du bist sechzehn, du kannst dein eigenes Geld verdienen. Ich habe dir ein halbes Jahr Amerika finanziert, damit du ein anderes Land kennenlernst und die Sprache beherrschst. Aber nicht, damit du in den Ruinen von Detroit dein Herz verlierst.«

»Nur den Sommer noch«, sagte ich. »Wenn ich sie nicht wiedersehe in diesem Sommer, dann verlieren wir uns. Und das überlebe ich nicht.«

Er sah mich lange und eigentlich ziemlich lieb an, er lachte kein bisschen, er fühlte genau, wie ernst es mir war. Dann schüttelte er den Kopf.

»Das geht nicht, Jan. Wenn du im Sommer hinfährst, wird es entweder so schön mit ihr, dass du im Herbst oder Winter wieder hinwillst. Oder es wird furchtbar, weil ihr euch nicht mehr kennt. Auch wenn es jetzt wehtut: Vergiss Detroit. Vergiss Mia!«

Niemals!, dachte ich.

2. KAPITEL

Um dem schwarzen Monitor, der nur mein Spiegelbild, aber nicht Mia zeigte, zu entgehen, begann ich in Berlin nach verlassenen Gebäuden zu suchen. Vielleicht konnte ich ihr später davon erzählen. Ihr Bilder schicken, kleine Filme. Ich würde darin sagen: »Ich vermisse dich«, und dann würde sie antworten: »Ich dich auch.«

Aber es gab in Berlin kaum noch leer stehende Häuser. Kaum noch Überreste und Ruinen aus der Wendezeit. Kaum noch verwilderte Grundstücke oder Brachen oder Fabriken, die irgendwann verlassen worden waren und nun niemandem mehr gehörten.

Es gab den Spreepark im Plänterwald, in dem uralte Dinosaurier aus Plastik hilflos auf dem Rücken lagen und verrotteten und die Gleise der Kinderbahn längst von Disteln und Bärlauch überwuchert waren. Der Betreiber des Vergnügungsparks war nach Südamerika geflohen, als er seine Schulden nicht mehr zahlen konnte, und hatte die Achterbahn, die Bimmelbahn für die Kinder, die Kulissen einer Westernstadt einfach zurückgelassen. Als Kinder waren wir oft durch den löchrigen Maschendrahtzaun geschlüpft und hatten die Überreste mit archäologischem Interesse erforscht. Die Saurier schienen mit offenen Mündern zu schlafen, wir tätschelten ihnen aufmunternd die Stirn, doch sie regten sich nicht. Jetzt sicherte ein stabiler Gitterzaun das Gelände. Mehrsprachige Warnschilder drohten mit üblen Strafen, wenn man über die Umzäunung kletterte. Außerdem patrouillierte ein Wachschutz zu unregelmäßigen Zeiten. An manchen Wochenenden aber drehte sich knarrend und quietschend das Riesenrad, das immer noch über die Bäume des Plänterwalds ragte. Es drehte sich langsam und mühevoll und wie von Geisterhand. Die leeren Gondeln schwebten wie in Zeitlupe nach oben, und das Wimmern des rostigen Metalls schnitt einem ins Trommelfell.

Oben in Weißensee gab es ein ehemaliges Kinderkrankenhaus. An einem Freitagabend ging ich noch mal hin, weil ich hoffte, ein paar Bilder für Mia machen zu können. Neben der Ausfallstraße stand ein Bauzaun, der nicht einmal kleine Kinder aufgehalten hätte. Sämtliche Türen und Fenster waren aus dem Gebäude herausgebrochen worden. Keiner hatte sich die Mühe gemacht, die Öffnungen wenigstens notdürftig mit Brettern zu vernageln. Die Räume waren entsprechend nass und modrig.

Ich lief durch die Zimmer, in denen früher die kleinen Patienten gelegen hatten, konnte fast noch ihr Husten und Weinen hören, das Klappern der Schüssel, wenn die Krankenschwestern kühle Waschlappen auf die fieberheißen Gesichter legten. Das war zwanzig Jahre her, bald nach dem Fall der Mauer war das Krankenhaus geschlossen worden. Jetzt waren die Zimmer kahl, und die Graffiti an den Wänden machten mich wütend wegen ihrer erbärmlichen Hast und Lieblosigkeit.

Hinter dem Hauptgebäude gab es einen Park, in dem uralte Bäume rauschten. Die Wege zu den Nebengebäuden waren überwuchert von Sträuchern und jungen Birken. Ich tastete mich in ein Nebengebäude hinein und stellte mir vor, dass Mia hinter mir ging und die Sprüche ihrer besorgten Mutter vor sich hin flüsterte. Die Wände des Treppenhauses waren abgetragen oder eingestürzt, sodass die Betonstufen frei in der Luft standen, die Bäume reichten mit ihren Zweigen hinein. Im dritten Geschoss war ein Fotograf gerade dabei, sein Model zu positionieren. Das Mädchen hatte außer hohen Stiefeln und einem Diadem im Haar nichts an, sie kicherte aufgeregt, während sie eine Pose nach der anderen probierte.

Außerdem gab es noch das »Haus der Statistik« am Rande des Alexanderplatzes. Ein verlassenes Verwaltungsgebäude mitten in der Stadt, das einen ganzen Straßenblock einnahm und aus blinden Augen auf das Gedränge der Leute schaute – das interessierte die Urban Explorer in Berlin natürlich brennend. Hier war echter Ruhm zu holen. Hin und wieder schafften es Einzelne von uns tatsächlich, hineinzukommen. Aber sie wurden alle gefasst. Anzeige oder Abreibung, das konnten sie sich dann aussuchen. Die Security-Leute, die das Haus bewachten, trainierten alle bei einem Hellersdorfer Kickboxverein. Deshalb entschieden sich die erwischten Urban Explorer normalerweise für eine Anzeige. Das kostete zwar mehr, aber man musste wenigstens nicht wochenlang aus der Schnabeltasse trinken.

Ich ging allein hin und umrundete das Haus fast drei Stunden lang. Die unteren Fensterreihen waren fest verschlossen oder vermauert. Die Türen sowieso. Außerdem stand ein massiver Bauzaun davor. Und natürlich gab es eine Menge Überwachungskameras, mit denen man nicht rechnete, weil sie so klein und unsichtbar waren. Wie sollte man da unentdeckt hineinkommen? Bei meinen Umrundungen sah ich hin und wieder auch die Lichter einer Stablampe durch die unteren Etagen funzeln. Die Wachleute hockten also nicht nur in einem Büro und starrten auf die Überwachungsmonitore, sondern gingen zusätzlich noch eine vorgegebene Route ab.

Es war wirklich unmöglich hineinzukommen, aber je länger ich um das Haus herumschlich, während der Freitagnachtverkehr an mir vorbeirauschte, desto mehr geriet ich in Trance. Seit langer Zeit, eigentlich seit meiner letzten Tour mit Mia befand ich mich wieder in dem Zustand, in dem man nichts als Wahrnehmung und Witterung ist, pure Bereitschaft zum Handeln. Wenn ich eine Lücke im Zaun gesehen hätte, wäre ich sofort hineingegangen. Ohne zu zögern. Ohne an die Wachleute zu denken. An ihre Quarzer und die Schnabeltasse.

Wer in diesem Zustand ist, dem kann nichts passieren. Das hatten Mia und ich in Detroit immer wieder erlebt. Wir waren unverwundbar. Einmal waren wir in ein verlassenes Hotel geklettert. Es war einer der letzten warmen Tage gewesen, das Licht der Herbstsonne schmolz geradezu an den Kanten der Fassade. Früher Nachmittag, unten drängte sich der Verkehr Richtung Downtown, aber wir kletterten zwei Stockwerke außen an der Fassade hoch, um hineinzukommen. Es war der helle Wahnsinn, trotzdem dachten wir keine Sekunde lang darüber nach, wie gefährlich es war, als wir uns von Fenstersims zu Fenstersims hangelten, bis wir endlich eine Öffnung fanden.

Uns konnte nichts geschehen. Wir waren Ninjas, die eine Mission hatten. Erst viel später, lange nachdem wir sämtliche Etagen, Flure und Zimmer, die Lobby und die Diensträume erforscht hatten, lange nachdem wir unseren Triumph in einem Burgerladen in Corktown gefeiert und die Bilder in Mias Kamera wieder und wieder angeschaut hatten und ziellos durch die Nacht gefahren waren, erst dann, als wir noch mal am Hotel vorbeikamen und unseren Weg die Fassade hinauf nachvollzogen, wurde uns klar, wie scharf die Rasierklinge war, auf der wir getanzt hatten. In jener Nacht küssten wir uns zum ersten Mal.

Das war in Detroit gewesen. Hier am Alexanderplatz im kalten Februar fand ich keinen Zugang. Ich wollte unbedingt rein, aber es war aussichtslos. Das Gebäude lachte mich mit seinen dreihundert Fenstern aus. Und ich war allein. Mia war nicht bei mir.

Zu Hause suchte ich die billigsten Flüge nach Detroit heraus, egal, was mein Vater gesagt hatte. Wenn ich bald buchte, würde ich nicht mal tausend Euro brauchen.

Meine Mutter kam ins Zimmer und brachte mir ein Glas Milch. Das war ihre Art, mir zu zeigen, dass sie für mich da war. Früher hatte ich gern Milch getrunken, literweise, zu Cornflakes und Müsli, als Kakao und einfach so. Aber früher war früher, und jetzt mochte ich Milch nicht mehr. Sie kapierte es nicht.

»Immer noch Sehnsucht?«, fragte sie.

Ich nickte. Vielleicht half es, wenn ich sie auf meine Seite brachte.

»Es sind nur fünfhundert Euro, wenn ich jetzt buche«, sagte ich. »Mehr Geld brauche ich doch eigentlich nicht. Die Kingsleys haben schon gesagt, dass ich kommen kann.«

»Du hast erst deine Gastfamilie gefragt, ehe du uns fragst?«

»Na, ich hab Papa gefragt«, sagte ich.

»Das ist ja toll, dass ich auch mal was mitkriege«, sagte meine Mutter, und auf ihrer Stirn zeigte sich diese Ärgerfalte, die ich ganz und gar nicht mochte. »Spricht auch mal jemand mit mir?«

»Er will mir das Geld nicht geben«, sagte ich. »Er meint, ich soll es mir selbst verdienen.«

»Da hat er völlig recht«, sagte sie.

»Aber das ist unmöglich bis zum Sommer. Und länger halte ich es nicht aus.«

Die Falte verschwand und wich einem sanften, etwas traurigen Lächeln. Meine Mutter trat einen Schritt näher und fuhr mit der Hand über meinen Haaransatz. Das hatte ich früher auch mal gut gefunden. Jetzt drehte ich den Kopf unmerklich zur Seite, wollte nicht unhöflich sein.

»Ich kann mir vorstellen, dass es wehtut«, sagte sie leise und nickte dem kleinen Bild an meiner Schreibtischlampe zu. »Du bist hier, sie ist in Detroit. Du vermisst sie. Ich hatte früher auch Urlaubsflirts und konnte sie lange nicht vergessen. Weil die Zeit zusammen so toll war, das Land so aufregend, irgendwie habe ich mich in der Fremde immer freier gefühlt. Aber es geht vorbei, Jan, glaub mir, irgendwann hört es auf.«

Niemals!, dachte ich.

3. KAPITEL

Der Englischlehrer forderte mich auf, ein Referat über Detroit zu halten, und ich zeigte der Klasse eine Stunde lang alle Bilder von Mia, die auf unseren Touren entstanden waren: die Eiszapfen, die von der Decke der Fisher Body Plant hingen. Das riesige Areal der Packard Plant. Die Warenlager unten am Fluss, die seit Jahren leer standen. Das legendäre, riesige Gebäude zwischen Fluss und Innenstadt: die Michigan Central Station. Wir waren nicht hineingekommen, aber wir hatten die Schalterhalle mit ihren Marmorsäulen durch die vergitterten Fenster gesehen. Die alte Wartehalle mit einer riesigen gewölbten Decke, größer als manche Kathedrale in Europa.

Ich zeigte Bilder vom Broderick Tower, dessen Eingangsbereich mit schwarzem Marmor verkleidet war. Das Adams Theater, in dessen Kassenhäuschen immer noch Papierschlangen von Tickets aus den Büroschränken hingen. Ich zeigte ihnen Bilder von Barbershops mit Sesseln und Heißlufthauben, zerbrochenen Waschbecken und blinden Spiegeln. Verlassene Polizeistationen, Gerichtssäle, Gefängnisse. Die Farbe war von den Gitterstäben abgeplatzt, ein schwer erträglicher Geruch nach Wut und Angstschweiß hing immer noch in der Luft.

»Wie habt ihr das bloß ausgehalten?«, fragte einer in der Klasse. »Das zieht einen doch voll runter. So eine abartig armselige und hässliche Stadt.«

»Detroit war mal eine reiche Stadt«, sagte ich, und alle lachten. »Eine schöne Stadt«, sagte ich trotzig und zeigte ihnen Bilder von luxuriösen Stadtvillen und prächtigen Theatern, die mittlerweile alle heruntergekommen und verfallen waren. »Die ersten Wolkenkratzer – die gab es hier, nicht in New York.«

»Aber jetzt ist es Ödland, Zombiegegend«, sagte einer aus der letzten Reihe. »Das sieht noch schlimmer aus als in Brandenburg.«

Ein paar in der Klasse kicherten. Die Mädchen wollten wissen, mit wem ich dort gewesen war, wer die Fotos gemacht hatte und ob es nicht verboten sei, in all die Gebäude hineinzugehen.

»Es kümmert sich niemand darum«, sagte ich. »Wenn ihr nichts kaputt macht, lassen sie euch in Ruhe.«

Ich erzählte nichts von den streunenden Hunden, nichts von den Landstreichern und Dealern, nichts von den Polizeisirenen, die man in der Innenstadt eigentlich dauernd hörte, und auch nichts von der Feuerwehr, die am Wochenende nicht hinterherkam mit dem Löschen von wahllos angezündeten Häusern.

»Aber ist es nicht total trostlos, in den verlassenen Gebäuden herumzustöbern?« Die Frage kam von einem Mädchen mit blauen Haaren, sie hieß Nele.

Ich konnte nicht erklären, was ich daran so aufregend fand. Ich erzählte von den Spuren der Bewohner aus früheren Jahren. Hinterlassene Fotos ihrer Kinder, die inzwischen längst erwachsen oder vielleicht sogar schon gestorben waren. Manchmal fand ich auch Zeitschriften aus den Sechzigerjahren. Briefe, Einkaufszettel. Hochzeitsfotos. Das Brautpaar lächelt stolz in die Kamera, es ist ein glücklicher Moment. Ein Moment, der niemals vergehen sollte. Solche Momente hatte ich auch mit Mia gehabt, wenn wir in einem prachtvollen, aber verlassenen Konzertsaal Selfies von uns machten.

Nach der Stunde kam der Junge aus der letzten Reihe zu mir.

»Ich heiße Luis, alle nennen mich Lu«, sagte er.

»Ich weiß«, antwortete ich.

Lu trug immer Streifenpullis. Er war ein Gamer. In der Realität der Schule schien er sich zu langweilen, das immerhin hatten wir beide gemeinsam.

»Wenn du im April mit rauskommen willst nach Brandenburg, könnte ich ein Wort für dich einlegen«, sagte er.

»Was soll ich denn in Brandenburg?«

»Wir treffen uns da in einem verlassenen Kinderheim«, sagte er. »Wir spielen ein Spiel. *Ilinx*. Virtuelle Realität.«

»Ich bin kein Gamer«, sagte ich.

»Okay.« Er zuckte mit den Schultern und drehte sich weg.

An der Tür wartete Nele, das blauhaarige Mädchen, sie nickte mir zu. Als Lu an ihr vorbeiging, grüßten sie sich mit einem komplizierten Aliengruß, der seit dem letzten Jahr in war und den ich verpasst hatte.

Am Abend versuchte ich, Mia zu erreichen, aber sie reagierte weder auf meine Nachrichten noch auf Anrufe. Sie war einfach verschwunden. Ich schaute noch einmal die Fotos durch, wieder und wieder, und erzählte dem kleinen Porträtbild an meiner Schreibtischlampe, wie mein Tag gewesen war, dass ich sie vermisste und so weiter. Sie lächelte einfach nur.

4. KAPITEL

Zehn Tage später hatte ich morgens eine Nachricht von Mia. Sie schrieb, dass wir an ihrem Nachmittag, also in meiner Nacht skypen könnten. Sie sei zurück. Ich freute mich den ganzen Tag über unsagbar darauf.

Zehn Tage. Jeder dieser zehn Tage war mir vorgekommen wie ein ganzes Jahr. Endlos und quälend leer. Am Wochenende war ich mit Google Street View in Detroit unterwegs gewesen, um zumindest die Straßen und Häuserreihen wiederzusehen, nach denen ich mich so zurücksehnte. Ich hatte Mia eine Nachricht geschrieben, sie gelöscht, noch einmal geschrieben und dann endgültig gelöscht. Ich hatte stundenlang aus dem Fenster gestarrt. Als ich versuchte, mich mit neuen Serien abzulenken, ertappte ich mich immer wieder dabei, dass mein Blick über den Monitorrand wanderte und nach dem kleinen Foto von Mia an der Schreibtischlampe tastete. Ich dachte an ihre Nackenhaare, ihre Fingerknöchel, ihren federnden Gang, an ihre konzentrierte Miene beim Fotografieren. An ihre leicht gebräunte Haut. Ihre Schultern. Sie war kitzlig unter den Achseln.

»Junge, dich hat es ja wirklich schlimm erwischt«, sagte mein Vater an einem dieser Tage, es klang weniger vorwurfsvoll als vielmehr bewundernd. Ich konnte nicht darauf antworten, weil ich ihn mit meinem Hass und meiner Verachtung strafen wollte, bis er die tausend Euro für die Reise im Sommer herausrückte.

Meine Mutter schickte mir einen Link zum Thema »Zehn Tipps gegen Liebeskummer bei Jugendlichen«:

1. Hineinhorchen ins Seelenleben
2. Keine Verharmlosung, keine Floskeln
3. Nachsichtig sein
4. Permanente Gesprächsbereitschaft (»Du kannst immer zu mir kommen.«)
5. Eigene Kummer-Erlebnisse erzählen
6. Ohne Worte trösten
7. Moderates Verwöhnprogramm
8. Selbstbewusstsein stärken (»Ein banaler Friseurbesuch kann Wunder wirken!«)
9. Halt durch-Kontinuität (»Natürlich gehst du heute zur Schule!«)
10. Auf Alarmzeichen achten (»Zieht sich das Kind immer mehr zurück, ist teilnahmslos, leidet unter Schlaflosigkeit oder Appetitlosigkeit, sollten Sie therapeutische Hilfe in Anspruch nehmen.«)

Ich dachte nicht lange darüber nach, warum sie mir Tipps für Eltern schickte, deren Kinder Liebeskummer hatten. Es lohnte sich nicht. Das war so eine typische Mama-Aktion. Ihre Art, mir zu zeigen, dass sie an mich dachte und dass sie gerade nicht wusste, wie sie mit mir umgehen sollte. Anders konnte sie es wohl nicht zeigen. Musste sie auch nicht.

Ich schickte ihr den Link zurück. Ich hatte keinen Liebeskummer, ich wartete einfach auf eine Nachricht von ihr. Ein Lebenszeichen. Ich konnte nicht glauben, dass sie mich vergessen hatte. Oder loswerden wollte. Nicht Mia. Nicht so.

Aber ganz sicher war ich mir auch nicht. Zehn Tage können verdammt lang sein. An jedem dieser Tage konnte sich eine Falltür des Zweifels öffnen: *Sie hat mich vergessen, sie zieht mit einem anderen Typen rum, sie fand mich eh blöd …*

Ich ging alle ihre Nachrichten noch mal durch, befragte ihr Fotolächeln, marterte mich, indem ich lange versuchte, mich genau an ihren verletzten Gesichtsausdruck zu erinnern, als ich vor Monaten einen blöden Witz gerissen hatte. Die Stunden schleppten sich dahin, in manchen Momenten war ich einfach nur selig, weil ich davon überzeugt war, dass alles gut werden würde. *Keep Calm and Carry On*, stand auf der Wohnungstür unserer Nachbarn, es war ein alter Slogan der britischen Regierung im Luftkrieg gewesen. Ich blieb ruhig. Ich machte weiter.

An dem Tag, an dem ich morgens Mias Nachricht bekommen hatte, stand ich auf dem Schulhof und redete mit Lu. Er hatte den entrückten Gesichtsausdruck von Leuten, die wissen, dass sie sich nur vorübergehend in dieser öden Realität aufhalten müssen. Sie wissen, dass es eine bessere Welt gibt, eine Welt voller Zombies, die es auszumerzen gilt. Zumindest war das Lus Traum. Meiner war ein Sommer mit Mia in Detroit. Tausend Euro entfernt. Also unerreichbar.

»Willst du noch mal hin?«, fragte er mich.

»Nach Detroit? Auf jeden Fall.«

»Was hindert dich?«, fragte er.

»Ich hab kein Geld«, sagte ich. »Meine Eltern geben mir nichts. Sie können es sich nicht leisten. Sagen sie. Sie wollen mich vor einer Enttäuschung bewahren. Ich soll mich aufs Hier und Jetzt konzentrieren. In Berlin ankommen.«

Lu lachte. Er hatte ein leicht gackerndes Kinderlachen, das nicht aufhören wollte.

»Eltern sind so super«, sagte er. »Was wären wir ohne sie? Abgesehen davon haben sie natürlich recht. Es ist viel zu teuer. Komm lieber mit nach Brandenburg.«

»Warum sollte ich?«, fragte ich.

»Vielleicht weil du damit Geld verdienst«, sagte er. »Wir testen ein Spiel und kriegen es bezahlt. Nele ist auch dabei.«

»Wie viel kriegt ihr denn dafür?«, fragte ich.

»Für das ganze Wochenende soll es achthundert Euro geben. Wenn man durchhält. Du trittst dafür irgendwie deine Rechte an allen Bildern ab. Irgendwie so. Hab ich nicht ganz verstanden.«

»Aber ich bin echt kein Gamer«, sagte ich.

»Kein Problem«, sagte Lu. »Nele auch nicht. Du musst dich nur drauf einlassen können.«

»Worauf einlassen?«

Für mich klang das gefährlich nach therapeutischem Händchenhalten. Meine Mutter kam öfter mit solchen Sprüchen: *Lass dich einfach mal drauf ein. Was macht das mit dir? Lass alles geschehen. Sei ganz du selbst …* Niemals!

Lu grinste einfach nur. »Nicht, was du denkst. Es geht um virtuelle Realität. Schon mal was von den Rift-Brillen gehört?

Damit tauchst du in Welten ab, die du nie für möglich gehalten hättest.«

»Ich werde drüber nachdenken«, sagte ich.

Und dann war es endlich Mitternacht, und ich sah Mias Gesicht auf dem Monitor.

»Hi, Jan«, sagte sie. Ihre Stimme war hell und weit entfernt.

»Hi, Mia«, sagte ich und berührte ihre Wange auf dem Monitor mit meinen Fingerkuppen.

»Hoffe, du hast nicht zu sehr gewartet«, sagte sie. »Hoffe, du bist nicht sauer.«

»Geht so«, sagte ich, aber ich fand es nicht mehr schlimm, ich war einfach nur glücklich. Ich erzählte ihr von meiner Suche nach *lost places* in der Stadt.

»Klingt gut«, sagte sie. »Ich muss echt mal nach Berlin kommen.«

»Unbedingt«, sagte ich, aber wir wussten beide, dass das nie geschehen würde.

Eine ziemlich lange Pause entstand. Jeder starrte in die winzige Kamera, damit es so aussah, als ob wir einander in die Augen schauten.

»Ich muss dir was sagen, Jan«, sagte sie schließlich und hustete, um Zeit zu gewinnen. Ich liebte ihre Stimme, wenn sie hustete. »Ich hab in den letzten Wochen versucht, dich zu vergessen. Einfach so getan, als hätten wir uns nie getroffen. Für mich war das Leben okay gewesen, bevor wir uns trafen, als ich allein unterwegs gewesen war. Aber jetzt vermisse ich dich. Immer, jeden Tag, jede Nacht. Und es klappt einfach nicht, die Zeit mit dir zu vergessen, deine Hände, deine Stimme. Und so.«

»Geht mir auch so«, sagte ich.

»Aber ich kann so nicht leben«, sagte Mia. »Ich hier, du in Berlin, das geht nicht, es zerreißt mich.«

»Ich komme in diesem Sommer wieder nach Detroit«, sagte ich. »Ich hab das Geld schon so gut wie zusammen. Wir setzen uns wieder in die Kirche. Versprochen.«

»Bist du sicher?«, fragte sie. Halb ungläubig, halb hoffnungsvoll.

In diesem Moment war ich mir sicher. Ich versprach es nicht nur Mia, sondern auch mir. Ich würde sie wiedersehen. Das Geld auftreiben, den Flug buchen und in der Kirche auf sie warten.

Von nun an telefonierten wir wieder jeden Abend zusammen, planten unsere Touren in den Ruinen Detroits, einen Ausflug nach Chicago und eine Woche in New York City.

Lu hatte nur kurz genickt, als ich nach der Adresse der Firma fragte, die das Spiel im verlassenen Kinderheim in Brandenburg testen lassen wollte.

»Die machen ein Casting am Alex«, sagte er. »Aber keine Sorge, ich nehme dich mit rein, ich rede mit Ulf.«

Ich nahm an einem ersten Casting teil, musste einige Tage darauf wiederkommen, rückte Runde um Runde vor. Irgendwann sah ich Lu morgens vor der Schule stehen, er wartete auf mich.

»Du bist drin«, sagte er.

5. KAPITEL

Zwei Wochen später fuhren wir hinaus nach Brandenburg. Die meisten von uns kannten einander nicht. Wir waren alle neugierig auf das Spiel, wir wollten natürlich das Geld, und ich glaube, wir waren auch ein bisschen auf der Flucht, jeder auf seine Weise. Wir waren zu sechst, als wir aus Berlin herausfuhren. Die sechs Kandidaten, die das Casting überstanden hatten. Die sechs Auserwählten.

Mir fiel schon damals auf, dass wir alle ungefähr gleich alt waren. Einer war vielleicht siebzehn, höchstens achtzehn. Die meisten aber waren erst fünfzehn, zumindest von Nele und Lu wusste ich es genau, weil wir ja in einer Klasse waren. Auch wir anderen hätten uns in Berlin schon mal begegnen können – auf einer Fete, in der Schule, in einem Club. Doch Berlin ist groß. Manche Gesichter hatte ich schon bei den Castings gesehen. Aber die Namen kannte ich nicht, und außer mit Lu und Nele hatte ich noch mit niemandem ein Wort gewechselt, nur kurz beim Einsteigen in den Kleinbus: »Hallo.«

Wir fuhren die Prenzlauer Promenade rauf. Es war ein Freitagnachmittag im April. Plattenbauten. Plakatwände. Tankstellen. Supermarktparkplätze. Ich blieb für mich. Ich hatte ein schlechtes Gewissen, weil ich meine Eltern angelogen hatte. Sie hätten mir dieses Gamer-Wochenende nicht erlaubt, ihren einzigen Sohn nicht als Versuchskaninchen für irgendein Spiel hergegeben, von dem man nicht wusste, wie gewalttätig es war und wie verstörend es auf Jugendliche wirkte. Ich konnte ihre Argumente direkt abspulen, hatte dabei sogar die Stimme meines Vaters oder meiner Mutter im Kopf. Aber auch ich war angespannt, weil ich dieses Wochenende, das vor mir lag, nicht einschätzen konnte, ein ganzes Wochenende mit Leuten, die ich nicht kannte. Ich wusste nur: Wir würden hinabsteigen ins Labyrinth der virtuellen Realität, um ein Spiel zu testen. Ich wusste nur: Ich wollte das Geld haben, um Mia in Detroit besuchen zu können.

Wir alle starrten aus dem Fenster des Kleinbusses. Sicher wussten auch die anderen nicht, was uns bevorstand, und waren ähnlich aufgeregt wie ich. Ulf, unser Fahrer, redete auch nicht. Am Anfang hatten einige der Mädchen noch geflüstert und nervös gekichert. Sie saßen natürlich nebeneinander. Mädchen sitzen immer nebeneinander und stecken die Köpfe zusammen, um irgendwas zu besprechen. Doch als wir die Autobahn erreichten, wurden auch sie still, und man hörte nur noch das gleichmäßige Surren des Motors.

Drei Spuren, viel Verkehr, Ulf fuhr auf der Mittelspur. Zügig, aber nicht zu schnell. Wir überholten polnische Lastwagen, links zogen Mittelklassewagen aus Brandenburg an uns vorbei. Die Autokennzeichen wurden fremder: HVL, PR, OPR, WK.

Wir fuhren in nördlicher Richtung.

Hinter Oranienburg verließ unser Fahrer die Autobahn und bog auf die Landstraße ab. Wir kamen durch ein paar Ortschaften, ich konnte mir die Namen nicht merken. Sie sahen alle gleich aus. Eine Currywurstbude vor einem Parkplatz. Davor polnische Lastwagen. Graue, niedrige Häuser. Hinter den Gardinen bewegten sich manchmal Gesichter, aber die Straßen waren menschenleer. Hinter dem Ortsausgang wieder Felder, jetzt im April wuchs dort noch nichts, was ich erkennen konnte.

In einem Ort stand ein kleines Mädchen am Straßenrand. Sie trug ein seidenrosa Prinzessinnenkleid, eine makellos weiße Strumpfhose und ein glitzerndes Diadem im blonden Haar, das aus Plastik sein musste, aber in der Frühlingssonne glitzerte, als wäre es aus den reinsten Diamanten. Die Puppe in ihrem Arm trug eine exakte Minikopie ihres Kleidchens. Der Daumen der anderen Hand, die nicht die Puppe hielt, steckte in ihrem Mund. Das Kind wirkte so unwirklich, wie vergessen an dieser Kreuzung, in einem von allen Menschen verlassenen Ort, dass ich mich automatisch nach ihr umdrehte. Da nahm sie die Hand aus dem Mund und winkte uns nach. Es kam mir vor, als winke sie nur mir. Sie lächelte kein bisschen.

Hinter Gransee begannen die Wälder. Sie wirkten undurchdringlich, selbst im Tageslicht dunkel. Ich fand sie schön. Die Straße wurde schmaler, kurvenreicher. Wir kamen noch durch einige Dörfer, dann waren es nur noch drei oder vier Gehöfte. Sie wirkten verlassen. Der asphaltierte Weg hörte auf, wir fuhren auf Kopfsteinpflaster, dann auf einem Schotterweg. Die Zweige der Bäume schlugen gegen unsere Fenster. Der Schotterweg endete, jetzt war es ein gewundener Hohlweg, und dann waren wir da.

»Altglobsow«, sagte Ulf feierlich wie ein Reiseleiter vor einer Sehenswürdigkeit. »Na ja, das eigentliche Altglobsow gibt es gar nicht mehr. Das Dorf ist schon seit Jahren verlassen. Jetzt gibt es nur noch dieses Haus.«

Er stellte den Motor aus. Wir streckten uns, froh, dass wir endlich angekommen waren. Wir waren zu sechst, als wir ausstiegen. Die Auserwählten. Die Verfluchten. Es war Freitagnachmittag.

6. KAPITEL

Das Haus am Waldrand wirkte abweisend. Mürrisch. Ein Kinderheim aus alten Zeiten. Die alten Zeiten waren nicht immer gute Zeiten.

Mit den Jahren war das Haus gealtert, die Fenster waren blind, die Fassade schrundig. Unter dem abgeplatzten Putz lugte das Mauerwerk hervor, hässliche gelbe Ziegelsteine. Die Mauern wirkten an manchen Stellen eingesunken, an anderen wie krankhaft vorgewölbt. Auf dem Dachfirst hockte eine Gruppe von Krähen und blickte uns misstrauisch entgegen. Sie flogen nicht weg, sondern rückten enger zusammen, wie um sich gegen einen Eindringling zu wappnen.

Das war der Moment, in dem das Mädchen mit dem roten Schal zum ersten Mal mit mir redete.

»Irgendwoher kenne ich dieses Haus«, sagte sie.

Ich drehte mich zu ihr um. Sie stand neben mir, ich hatte sie nicht näher kommen hören. Die anderen standen weiter entfernt, alle kämpften noch mit ihren Eindrücken.

»Warst du schon mal hier?«, fragte ich sie.

Sie schüttelte den Kopf. »Nein, ganz sicher nicht. Aber es kommt mir so bekannt vor.«

Sie sah mich an, als könnte ich das Rätsel für sie lösen. Und die Krähen schienen ebenfalls auf eine Antwort zu warten.

»Vielleicht hast du mal davon geträumt«, sagte ich.

»Wieso sollte ich?«

»Ich hatte eine Tante, die haben wir mal in so einer Anstalt besucht«, sagte ich. »Das Haus war auch so verfallen. Eine Klapsmühle. Ich habe noch Wochen später davon geträumt.«

Das Mädchen sagte nichts, sie schaute mich erwartungsvoll an. Ich streckte ihr meine Hand entgegen. »Jan.«

»Hannah«, sagte sie. Ihre Hand war lang und schmal. Sie hatte sehr helle Augenbrauen und Wimpern und rotblondes Haar. Ihr Blick war so intensiv, dass es fast schmerzte.

Die anderen holten zusammen mit dem Fahrer die Rucksäcke aus dem Auto. Die Kisten mit den Lebensmitteln. Die Koffer mit den VR-Brillen, Konsolen und Rechnern.

»Was ist aus deiner Tante geworden?«, fragte Hannah.

Ich schaute noch einmal hoch zum Giebel des Hauses. Das Fenster im ersten Stock war von innen vernagelt.

»Sie hat sich kurz darauf umgebracht.«

»Krass«, sagte sie. Weiter nichts, aber es kam mir okay vor. Sie kannte meine Tante nicht, und ich hatte sie auch nicht gut gekannt. Ihr Tod hatte mich tatsächlich nicht sehr berührt.

Ulf stellte sich zu uns und lächelte. »Gefällt es euch? Ich liebe dieses Haus. Es hat echt eine besondere Aura. War früher mal ein Kinderheim, heute wird es kaum noch genutzt. Ein altes Ehepaar schaut hier nach dem Rechten. Aber nicht dieses Wochenende. Da gehört es ganz allein euch.«

Wir versuchten, begeistert zu nicken. Lu und der Älteste von uns hatten ihre Rucksäcke schon auf und hoben gerade Kisten mit Lebensmitteln an, um sie ins Haus zu tragen.

Aber das Haus war noch zu, also stellten sie die Kisten wieder ab und warteten. Wir anderen standen untätig auf dem Vorplatz herum und scharrten im Kies. Vielleicht wurde den meisten erst jetzt klar, worauf sie sich eingelassen hatten. Für die Aussicht auf achthundert Euro. Geld, das jeder von uns offenbar so dringend brauchte, dass er bereit war, dafür ein Wochenende in der Brandenburger Einöde zu verbringen. Keine Eltern in Reichweite. Kein öffentlicher Nahverkehr. Kein Späti. Kein Handy. Kein Netz. Unsere Handys hatten wir zu Beginn der Fahrt bei Ulf abgegeben. Widerwillig. Aber so stand es in dem Vertrag, den wir alle beziehungsweise unsere Eltern unterschrieben hatten.

»Ihr habt hier doch sowieso keinen Empfang«, hatte Ulf gesagt. »Kriegt ihr wieder, wenn ich euch am Sonntagmittag abhole.« Und wir hatten sie ihm gegeben, einige zögerlicher als andere, aber am Freitagmittag, mitten in der Stadt, umgeben von Menschen, Autos, Zivilisation hatte sich der Gedanke an zwei Tage ohne Handy anders angefühlt als jetzt am Abend, am Rand eines riesigen Waldes.

Ich musterte die anderen.

Lu kannte ich ja schon, aber mir war nie aufgefallen, was für ein blasses, angestrengtes Gesicht er hatte – ein Gesicht, wie man es bekommt, wenn man nicht einschlafen kann. Weil die Eltern sich andauernd streiten. Oder weil das Mädchen, das man gut findet, nicht zurücktextet. Oder weil man mit *Resident Evil VII* nicht zurande kommt. Er stand da, klein und dünn, wippte unruhig auf den Füßen hin und her und betrachtete das Haus.

Der älteste Junge war groß und ziemlich durchtrainiert. Er hieß Alex, wie ich bald erfuhr. Gab sich lässig. Lehnte am Auto, kaute Kaugummi, wie schon die ganze Fahrt über, und wirkte irgendwie undurchschaubar. Seine Augen waren sowieso nicht zu sehen, die Sonnenbrille hatte er bisher kein einziges Mal abgenommen. Ich fand das übertrieben, weil sich die Aprilsonne nur ab und zu für Momente zeigte. Wahrscheinlich damit wir nicht vergaßen, dass es sie noch gab. Nele scharrte mit ihren Doc Martens Muster in den Kies. Ab und zu schaute sie hoch zu den Krähen und den vernagelten Fenstern. Eher desinteressiert. Unbeteiligt.

Ein anderes Mädchen war neben sie getreten. Sie hatte einen leichten holländischen Akzent und wirkte mit ihrem Prinzessinnenstyle vollkommen fehl am Platz. Sie betrachtete das Haus am misstrauischsten.

Hannah stand ein wenig abseits und schien immer noch darüber nachzudenken, warum es ihr so bekannt vorkam.

»Auf geht's!«, sagte Ulf, und wir folgten ihm. Eine Herde beunruhigter, aber gehorsamer Schafe.

Er führte uns zum Seiteneingang und fummelte mit dem Schlüssel im Schloss, bis die Tür nachgab.

»Das habe ich mir echt anders vorgestellt«, flüsterte das Mädchen mit dem holländischen Akzent hinter mir. Sie sah eher aus, als wäre sie auf dem Weg ins *Tropical Island*. Sie trug Leopardenleggings, türkisfarbene Ballerinas und dazu passende türkisfarbene Plastikohrringe. Ihre Sonnenbrille hatte sie ins Haar gesteckt. »Das ist ja übel heruntergekommen. Ich dachte, die bringen uns in einem Hotel unter oder in einer Landvilla. Oh, nein, ich glaub, ich geh da nicht rein. Das stinkt ja schon von außen.«

Sie hatte recht. Ein muffiger Geruch schlug uns entgegen. Ulf versuchte ihn wegzulächeln und wedelte sich theatralisch mit der Hand vorm Gesicht herum.

»Ihr könnt natürlich auch mal durchlüften«, sagte er betont munter. Er drückte einen Lichtschalter, woraufhin eine nackte Glühbirne im Flur aufglomm. »Kommt näher, schaut es euch an! Es wird euch gefallen. Hundertpro!«

Wir trotteten an ihm vorbei. Keiner von uns, das hätte ich schwören können, hatte in diesem Moment wirklich Lust auf dieses Haus. Auf dieses Wochenende. Auf die Sessions mit *ilinx*. Dabei hatten wir in Berlin vier Casting-Nachmittage durchgemacht, um bei diesem Wochenende dabei sein zu dürfen. Stundenlange Interviews über unsere Vorlieben, Befürchtungen, Lieblingsspiele, Bücher, Filme, Freunde, Freizeitverhalten. Die Leute von Ulfs Firma hatten uns wirklich durchleuchtet. Aber sie boten jedem achthundert, wenn er das Casting überstand und dann an diesem Wochenende mit hier herauskam, um in die virtuellen Welten von *ilinx* einzutauchen. In Berlin wollten wir das, um jeden Preis.

»Ich würde so gern an eurer Session teilnehmen«, redete Ulf weiter. »Diese Erfahrung mit euch teilen. Ich bin sicher, dass ein unvergessliches Wochenende auf euch wartet. Ihr seid Pioniere an den Randbezirken unserer Realität. Ihr werdet Stars. Glaubt mir, dieses Wochenende wird euch unsterblich machen.«

Wir ließen ihn reden. Standen unentschlossen in der Küche herum, unsere Rucksäcke noch auf dem Rücken. Hannah sah nicht glücklich aus. Ihre Augen waren ganz dunkel. Sie kaute auf ihrer Unterlippe und schien unmerklich den Kopf zu schütteln. Sie sah mich an, als wäre es meine Entscheidung. Aber ich war noch nie gut darin, Entscheidungen zu treffen. Ich brachte es einfach nicht über mich zu sagen: *Nein danke, ohne mich.* Die anderen wären mir in diesem Augenblick vermutlich gefolgt. Aber ich sagte es nicht. Ich wollte kein Feigling sein. Und ich wollte nicht nach Berlin zurück, sondern nach Detroit. Ich wollte die achthundert Euro haben.

Ulf spielte mit seinen Autoschlüsseln. Alex stellte seine Kiste mit Lebensmitteln auf den Küchentisch. Das war wie ein Startschuss. Unsere Bedenken zerstreuten sich.

Lu stellte seine Kiste daneben. »Ich hab so einen Hunger«, sagte er. »Ich könnte sofort anfangen mit dem Abendessen.«

Wir mussten lachen. So ging es uns allen.

Ulf lächelte wieder. »Ich zeige euch noch das Kaminzimmer«, sagte er.

Wir folgten ihm in einen großen Raum. Er zog die schweren Vorhänge zur Seite. Die Fenster reichten beinahe bis zum Boden und ließen ein stilles Abendlicht herein. Der Raum war fast leer. Eine Couch, die ganz gemütlich aussah, ein flacher Tisch davor, gegenüber noch eine Couch, außerdem drei Sessel. Alles war ziemlich eingestaubt. In einer Ecke lagen leere Flaschen.

»Die hätten hier eigentlich aufräumen sollen«, sagte Ulf, und zum ersten Mal hörte er sich genervt an.

»Passt schon«, sagte Lu. »Das kriegen wir auch hin.«

Ulf sah auf seine Armbanduhr. »Mensch, ich müsste längst zurück in der Stadt sein. Tut mir leid, Leute. Den Rest des Hauses müsst ihr euch allein ansehen.«

Er ging hinaus. Wir liefen hinter ihm her, um das restliche Gepäck zu holen.

Ulf setzte sich hinter das Steuer des Kleinbusses und nickte uns mit breitem Lächeln zu. »Wie besprochen. Ihr könnt machen, was ihr wollt. Habt Spaß mit dem Spiel, kniet euch richtig rein. Die Auswertung machen wir dann in Berlin. Am Sonntagmittag hole ich euch wieder ab.«

Wir hoben die Hand, als er Gas gab und eine Runde vor dem Haus drehte, sodass der Kies aufspritzte. Wir winkten.

Ulf winkte nicht zurück. Er hatte es eilig, wegzukommen. Die Rücklichter des Kleinbusses verschwanden hinter der nächsten Kurve. Irgendwie war ich erleichtert, dass wir Ulf loswaren.

Wir standen noch eine Weile draußen in der Abenddämmerung. Die Sonne versank hinter den Bäumen. Die Krähen hatten sich davongemacht. Es war jetzt sehr still.

7. KAPITEL

»Na, dann lasst uns mal gleich anfangen!«, sagte Alex. Er klatschte in die Hände und wandte sich zum Haus. Oben in einer Kiefer flatterte eine erschreckte Taube auf. »Ich will rein. *Ilinx* kennenlernen. Eintauchen.«

Er nahm eine der Kisten mit den Rechnern und trug sie ins Kaminzimmer. Lu folgte ihm mit der zweiten Kiste, ich hatte mir einen Beutel geschnappt. Die Mädchen kamen hinterher.

»Können wir nicht erst mal was essen? Ich sterbe vor Hunger.« Das war Hannah.

»Du hast Schiss«, sagte Lu. »Musst du nicht. Es wird super, ein echt großes Ding.«

Er fummelte einige Kabel zusammen. Steckte die Anschlüsse der Brillen in die Rechner, suchte eine Steckdose. Fand einen Verteiler, stöpselte die Stecker ein und drückte den Power-Knopf des Rechners. Ein grünes Lämpchen leuchtete.

»Saft ist da«, sagte er zufrieden.

Alex ging ihm zur Hand. Er kaute immer noch Kaugummi. Das sah irgendwie professionell aus.

»Wir sollten zuerst die Lebensmittel einräumen«, sagte Hannah. »Die werden sonst schlecht. Außerdem habe ich echt Hunger. Und wir sollten ausmachen, wer für das Essen zuständig ist, wer abwäscht, wann Frühstück gemacht wird und von wem.« Sie schaute in die Runde. Keine Freiwilligen. »Ich meine: Struktur! Was ihr hier veranstaltet, das wird das pure Chaos.«

Alex war immer noch mit den Steckern beschäftigt, er kaute seinen Kaugummi und hörte nicht richtig hin. Aber Lu starrte sie mit offenem Mund an, die Augen zusammengekniffen, als hätte er eine unlösbare Matheaufgabe vor sich. Er sah aus, als verstünde er kein Wort von dem, was sie sagte, vielleicht spielte er es auch nur. Er schaute auf die Kabel in seiner Hand, dann auf Hannah, die anderen Mädchen kicherten. Er sah wirklich total daneben aus.

»Ich rede mit dir«, sagte Hannah und nahm ihm die Kabel aus der Hand.

Alex hielt zum ersten Mal mit dem Kaugummikauen inne und sah auf.

Hannah legte die Kabel und Stecker ordentlich zur Seite.

»Ich finde es super, dass ihr so motiviert seid. Dass ihr gleich angefangen wollt. Aber ihr müsst nicht sofort die Führung an euch reißen, okay? Wir anderen sind auch noch da. Wir haben Bedürfnisse. Wir wollen was essen. Wollen uns vielleicht erst mal kennenlernen. Wollen uns hier zurechtfinden. Versteht ihr? Sonst wird dieses Wochenende nämlich ein Desaster.« Sie drehte sich zu uns. Wir schauten sie an wie eine Schulklasse die Lehrerin. »Hab ich recht oder hab ich recht? Wollt ihr eine Küchengruppe wählen?«

Lu sagte: »Ihr Frauen könnt doch kochen, und wir Jungs bauen die Geräte auf. Klassische Rollenverteilung, hat sich seit Jahrtausenden bewährt. Frauen kochen, Männer jagen.«

»Wie viele Mammute hast du denn schon erlegt?«, fragte Hannah. Sie stand neben mir. Ich wollte auch was sagen, weil ich riesigen Hunger hatte, aber gleichzeitig war ich neugierig auf das Spiel.

»Ich hab zwar kein Mammut erlegt, aber die Lebensmittel reingetragen, falls du dich erinnerst«, sagte Lu.

»Ich auch«, sagte Alex. Er hatte seinen Kaugummi an die Seite gedrückt und zeigte ein charmantes Lächeln. »Ich helfe euch Mädels gern, aber jetzt lasst uns doch erst mal eine Runde spielen. Nur um reinzukommen.«

Hannah schüttelte den Kopf. »So läuft das nicht. Ihr wollt euren Spaß, und wir sollen kochen? Ich bin doch nicht deine Mudda!«

»Aber genau so führst du dich auf«, sagte Alex und nahm eine Handvoll Stecker auf. »Ich kann mir auch eine Tüte Chips aufmachen, wenn ich Hunger habe.«

Die anderen beiden Mädchen rückten näher an Hannah heran. Damit bildeten sie eine feste Gruppe. Lu und Alex standen zusammen, die Kartons mit den Rechnern und Konsolen waren halb ausgepackt. Ich stand allein da. Mein Magen knurrte. Ich hatte seit dem Frühstück nichts mehr gegessen.

»Was ist jetzt?« Alle schauten mich an.

»Wieso soll ich das entscheiden?«, fragte ich. »Bin ich hier der Chef?«

»Wir brauchen keinen Chef«, sagte Hannah. »Wir brauchen jemanden, der Kartoffeln schält, Paprika schneidet und Knoblauch häckselt.«

»Ich hasse Knoblauch«, sagte Alex.

»Nur eine Viertelstunde«, sagte Lu. »Wieso macht ihr gleich am Anfang so einen Stress? Wir wollen nur mal probieren, ob alles funktioniert, okay?«

Er schaltete den Monitor an, der Bildschirm brizzelte auf: *ilinx – come in.*

Alex und Lu beugten sich über die Brillen. Wir anderen existierten für sie nicht mehr. Ich ging zu den Mädchen, ließ die Jungs spielen, verriet mein Geschlecht, aber ich hatte einfach Hunger. Außerdem wollte ich nicht, dass die Gruppe sich gleich zu Beginn in Jungs und Mädchen spaltete. Da kam man dann vielleicht nicht mehr raus. Ich hatte kein Problem mit Mädchen.

»Na, dann lasst uns die Lebensmittel doch mal ansehen«, sagte ich.

»Klar, Chef«, sagte Hannah. Wir gingen in die Küche und sahen gerade noch, wie Lu Alex die Kopfhörer reichte. Dann setzte sich Alex eine der Brillen auf, sie hockte klobig und glänzend in seinem Gesicht. Er ruckte mit dem Kopf nach rechts und links, oben und unten, kaute auf seinem Kaugummi herum und nickte begeistert, dabei hatte das Spiel noch gar nicht angefangen.

Die Kartons mit den Lebensmitteln waren übervoll. Sie hatten echt gut vorgesorgt: zwölf Liter Milch, drei große Säcke mit Kartoffeln, acht Packungen Spaghetti, sechs Brote, 20 Tafeln Schokolade, ein ganzer Karton voll mit Chips, Marshmallows, Weingummis, Schokoriegeln.

»Haben sie auch Fleisch oder so?«, fragte ich.

»Ich hasse Fleisch, ich lebe vegan«, sagte Nele.

Es war das Erste, was sie hier sagte.

»Kein Problem«, sagte ich beschwichtigend.

»Ich finde, es ist doch ein Problem«, fauchte sie mich an.

Es schien, als hätte sie diese Diskussion schon öfter geführt. »Ich mag es nicht, wenn Fleischesser mit mir am Tisch sitzen und Fleisch essen. Ich finde es einfach nicht gut, als Konzept und auch konkret. Ich respektiere dich als Person, aber wenn du neben mir gebratene Tierleichenteile zerschneidest und in deinen Mund steckst, dann könnte ich echt kotzen.«

»Ich dachte eher an Spaghetti Bolognese«, sagte ich.

»Du kapierst es einfach nicht, oder? Das ist genauso eklig!«, schrie sie mich an, und ich verstand nicht, warum sie auf eine einfache Frage gleich so aggressiv reagierte.

Es ging überhaupt nicht in meinen Kopf, dass jemand was gegen Spaghetti Bolognese haben könnte. Nele stand mit rotem Kopf vor mir. Sie hörte auf, mich anzustarren, und blickte sich kurz um. Man konnte sehen, dass es ihr jetzt peinlich war, sich vor Fremden so aufgeregt zu haben, aber gleich nahm ihr Gesicht wieder einen trotzigen Ausdruck an. Sie wollte ja bloß für Klarheit sorgen. Ich überlegte kurz, ob ich nicht doch eher zu den Jungs am Rechner gehörte.

»Wir können auch Salat essen. Ich bin übrigens Lilly«, sagte das Mädchen mit dem holländischen Akzent und hob zwei Salatköpfe aus einem Netz. Mein Blick fiel auf ihre manikürten Hände, die türkis lackierten Fingernägel sahen nicht echt aus. »Das ist auch besser für die Figur.«

Meine Laune sank um einige Grad. Ich brauchte wirklich was im Bauch, und zwar reelle Kost, kein Grünzeug.

Hannah riss unterdessen die Küchenschranktüren auf und kontrollierte die Bestände. Sie klang erfreut. »Alles da. Teller, Tassen, Schälchen. Nudelsieb, Kochtöpfe, Bratpfannen.« Sie probierte die Schubladen. »Messer, Gabel, Löffel, Kelle, Schälmesser. Respekt.«

Wir räumten das Essen in die freien Schränke, ich riss mir einen halben Brotlaib ab, schnitt ihn auf, legte Käse und Schinken hinein, vorsichtshalber mit dem Rücken zu Nele. Ich biss gierig hinein. Kaute. Schluckte. Und sofort ging es mir besser. Was hatten wir eigentlich zu trinken?

»Hey, wo bleiben die Chips?!« Das war Lus Stimme, sie kam von der Couch.

Wir ignorierten ihn.

Die Mädchen fingen ebenfalls an zu essen. Nele biss in eine Möhre, Hannah schaufelte Erdbeermarmelade in Grießbrei, probierte und ließ es sich schmecken. Lilly rührte sich ein Müsli an.

»Wir müssen eigentlich gar nicht kochen«, sagte Hannah. »Jeder nimmt sich einfach, was er will, ist doch bloß für zwei Tage.«

»Von denen wir sowieso die meiste Zeit im Spiel zubringen«, sagte Nele. Sie machte sich eine Flasche Litschilimo auf.

Ich packte die restlichen Kartons aus, während ich noch kaute. Fleisch, Schinken, Wurst schob ich in den Kühlschrank.

Alex schlenderte herein, die Hände in den Hosentaschen.

»Wie war's?«, fragte ich ihn. »Erzähl mal.«

Er lachte bloß. »Ich war nur drei Minuten drin, aber ich muss sagen, es ist überwältigend. Du bist ganz woanders, so intensiv hab ich das noch nirgends sonst erlebt.«

»Welcome back«, sagte ich.

Er nickte. Sah die Brote auf dem Tisch liegen, Käse, Paprika.

»Ich dachte, ihr kocht«, sagte er.

»Wir haben auf dich gewartet«, sagte Hannah.

Er lächelte. »Woher wusstet ihr, dass ich kochen kann?«

Er nahm die Hände aus den Hosentaschen und schaute sich unternehmungslustig um.

»Worauf habt ihr Lust?«

»Spaghetti Bolognese«, sagte ich.

»Kartoffelgratin«, sagte Hannah.

»Vegane Bratlinge«, sagte Nele.

»Kein Problem«, sagte er. »Sind Kartoffeln da? Ein Schäler?« Er rieb sich die Hände, griff nach einer Schürze, die an der Stange am Herd hing, und band sie sich um. Ich konnte es kaum glauben. Damit sah er echt aus wie ein Koch, vielleicht nicht ganz perfekt, aber durchaus kompetent.

Er zeigte auf mich. »Du schälst die Kartoffeln, okay?«

Ich nickte sofort, obwohl es nicht viele Dinge gab, die ich mehr hasste als Kartoffelschälen. Er holte Töpfe aus dem Schrank, setzte Wasser auf, probierte die Gasflammen des Herdes. Sie rauschten bläulich auf. Dafür, dass das Haus verlassen war, schien es mir gut in Schuss zu sein. Durch die Wärme der Gasflammen wurde es richtig gemütlich in der Küche. Nele schnippelte Paprika und Möhren, ich arbeitete mich an den Kartoffeln ab, Hannah half mir, wir schälten gefühlt ungefähr dreihundert Stück, ehe Alex gnädig sagte: »Das müsste reichen.«

Aus dem Kaminzimmer, wo Lu jetzt allein in uns noch unbekannten Welten unterwegs sein musste, hörte man hin und wieder Rufe wie »Wahnsinn! Unfassbar!«.

8. KAPITEL

Unser Chefkoch schaffte es wirklich, Kartoffelgratin, Bratlinge und Spaghetti Bolognese zu zaubern. Er stand die meiste Zeit am Herd, rührte in den Töpfen und Pfannen auf den Flammen und fragte uns nach den Zutaten, die wir waschen, schnippeln oder ihm einfach bringen sollten. Ab und zu schaute er nach dem Gratin im Backofen. Manchmal schmeckte er die Soße ab, gab noch Pfeffer oder Salz dazu, rührte die Nudeln um, stellte die Gasflammen größer oder kleiner. Alex kam sich wichtig vor, ohne Frage. Und er genoss es. Aber es gab auch selbstvergessene Momente, in denen er sich wirklich nur auf das Essen konzentrierte. Da wirkte er ein wenig wie ein Dirigent, der sein kleines Orchester eine Sinfonie spielen ließ. In diesen Momenten mochte ich ihn, auch wenn ich mich am meisten auf die Spaghetti freute.

Wir deckten den Tisch im Esszimmer nebenan. Lu merkte, dass wir essen wollten, und kam auch. Wir ließen ihn die Getränke holen.

»Kein Bier?« Alex war enttäuscht. »Wir müssen nachher noch mal runter ins Dorf, sonst wird das ein verdammt ödes Wochenende.«

»Hier gibt es kein Dorf, hat Ulf doch gesagt«, meinte Lu.

»Irgendwo wird es schon ein Dorf geben«, sagte Alex. »Ein Dorf mit einer Kneipe, eine Kneipe mit Bier.«

»Könnte ein weiter Weg werden«, sagte Hannah.

Wir anderen nickten, wir hörten draußen die Nadelbäume im Wind rauschen. Keiner von uns hatte eine Ahnung, wo genau das nächste Dorf war.

»Nimm doch Ingwertee, das ist total gesund«, sagte Lilly.

»Danke für den Tipp.« Alex verzog ein bisschen das Gesicht und machte sich eine Cola auf, setzte sich dann aber neben sie.

Für einen Moment wurde es still, als wir alle aßen. Es schmeckte uns, das war unüberhörbar. Ich schlang die Nudeln runter und probierte das Kartoffelgratin, es war super. Ich aß auch einen halben Bratling. Unglaublich, was der Junge draufhatte, wenn er mal nicht bloß Kaugummi kaute.

»Wie heißt du eigentlich?«, fragte ich ihn.

»Alex«, sagte er.

»Alexander oder wie?«

»Alex.«

»Du kochst super. Wer hat dir das beigebracht?«

»Mein Großvater war Koch.«

Der Tisch sah aus wie ein Schlachtfeld, die Schüsseln leer, die Teller abgegessen.

»Alles weggemoscht«, sagte Lu. »Gewiped. Weggezergt.«

Er rülpste. Die Mädchen sahen ihn angewidert an.

Wir waren alle satt und zufrieden. Außer Alex.

»Die hätten ruhig auch für Bier sorgen können«, sagte er.

»Die sorgen doch ganz gut für uns«, sagte Hannah. »Verhungern werden wir hier jedenfalls nicht.«

»Aber verdursten vielleicht«, sagte Lu. »Was soll das denn für ein Wochenende werden, so ganz ohne Alk? Hat wenigstens jemand was zu rauchen dabei?«

Alle schauten einander ratlos an. Keiner sagte was. Niemand hatte was mit.

»Tolle Party«, sagte Lu.

»Hau doch ab, wenn's dir nicht passt«, sagte Hannah. »Du wolltest unbedingt mitmachen. An vier Nachmittagen bist du in Berlin zum Casting aufgetaucht. So wie wir alle. Erst waren es dreihundert Leute. Am nächsten Tag noch hundert. Da waren wir glücklich, dass wir noch dabei waren, oder? Am dritten Tag durften noch fünfzig Leute kommen, dann zwanzig. Und jedes Mal hatte man gedacht: Jetzt ist es vorbei, jetzt kicken sie mich raus. Die anderen sind cooler. Sehen besser aus. Sind schlauer. Ich hab gedacht: Die wollen eh nur Gamer. Die wollen keine Mädchen. Die wollen niemanden unter achtzehn.«

Sie kratzte ihren Joghurtbecher aus. Lu war still geworden, er hörte ihr zu und nickte. Wir alle hörten ihr zu und nickten. Sie hatte recht, so war es gewesen, bei jedem von uns.

»Und jetzt sitzt ihr beiden hier«, sagte sie. »Und beklagt euch, dass kein Bier da ist.«

Alex schwieg, er sah dabei richtig gut aus. Dann griff er sich ins Haar und zog seinen Schopf nach vorn.

»Was glotzt ihr mich alle so an?«, fragte er. Wir glotzten trotzdem weiter. »Klar wollte ich unbedingt mit. Ich habe jedem Casting-Tag entgegengefiebert, hab alle ihre Fragen beantwortet, und die haben einen echt gelöchert. Und ich hab mich gefreut, als ich ausgewählt wurde, natürlich hab ich mich gefreut. Achthundert Euro! Dafür, dass man ein neues Spiel durchspielt! Aber jetzt mal ehrlich: Was soll das hier, in diesem Haus? Dieser Ulf lädt uns einfach hier ab und macht sich wieder aus dem Staub. Die ballern uns mit Vorräten zu, die für eine Woche reichen, und dann ist nicht einmal ein Kasten Bier dabei? Das ist lahm. Traurig ist das. Das hat keine Klasse.«

Nele, die jetzt auch endlich aufgegessen hatte, machte es sich gemütlich und legte die Füße in ihren Stahlkappenschuhen auf den Stuhl neben sich, der noch frei war.

»Ich hab mich auch gewundert. Ich glaub, das soll hier wirklich keine Party sein. Die meinen das ernst. Die haben uns als Produktprüfer engagiert. So wie die Stiftung Warentest. Authentische Jugendliche. Zielgruppe des Spiels. Wenn die uns Bier geben und das würde dann rauskommen, kriegen sie bloß Ärger.«

»Haben eure Eltern eigentlich diese Einverständniserklärung unterschrieben?«, fragte Hannah.

Lilly sah sie verständnislos an: »Sonst könnte ich doch gar nicht hier sein. Meine Mutter hat nichts dagegen. Achthundert Euro zum Shoppen …« Sie kicherte, wurde aber gleich wieder ernst und fuhr sich durch ihr langes, blondes Haar, so als würde sie es kämmen. Dass es solche Tussis wirklich gab …

Ich dachte an Mia. Ihre Kapuzenpullis, ihre dunklen kurzen Haare, ihren gebräunten Nacken. Und sofort drängte sich der Trotz wieder vor mein schlechtes Gewissen. Natürlich hätten meine Eltern mich niemals hierherfahren lassen. Ich hatte einfach die Unterschrift meines Vaters gefälscht. Zum ersten

Mal im Leben. So richtig gut gelungen war sie nicht, aber die Organisatoren dieses Wochenendes wussten ja nicht, wie mein Vater unterschrieb. In der Schule hätte ich mich das nicht getraut. Ich musste einfach zu Mia. Bevor sie mich endgültig verloren gab. Und wenn sie es mir nicht erlaubten, was für eine Wahl hatte ich? Auch die anderen schwiegen. Wahrscheinlich dachten alle gerade an ihre Eltern, jeder auf seine Weise.

Nele brach die Stille. »Also, meine Alten finden die Aktion super. Nur dass wir die Handys abgeben mussten, das hat ihnen nicht so gefallen. Aber dann müssen sie mir jetzt wenigstens keine Nachricht schicken, wenn sie mal wieder nicht nach Hause kommen.«

Sie versuchte ein kleines Lächeln. Es misslang, und man merkte, wie peinlich es ihr war, dass wir alle, oder zumindest Hannah und ich, sie ein wenig mitleidig ansahen. Sie nahm die Schuhe vom Nachbarstuhl, kauerte sich zusammen und zog die Knie bis ans Kinn hoch.

Lu schien nichts zu merken. Er kicherte. »Eltern. Man muss sie einfach lieben. Auch wenn sie völlig ahnungslos durch die Welt rennen.«

»Ich finde das auch nicht gut mit den Handys, dass wir die abgeben mussten. Ob die das überhaupt dürfen?«, fragte Lilly.

»Du hast doch eh kein Netz hier«, sagte Lu.

»Wir sollen nicht abgelenkt werden, sondern uns auf das Spiel konzentrieren«, schlussfolgerte Alex. »Deswegen gibt es auch kein Bier.«

Wir schwiegen. Aber es fühlte sich nicht schlecht an. Wir waren zusammen, kannten uns schon ein bisschen. Jetzt waren wir froh, dass wir hier waren.

Hannah stellte die Teller zusammen. »Ich will echt nicht nerven, Leute, aber wie geht's jetzt weiter?«

»Wir spielen eine Runde«, sagte Lu sofort. »Das ist unser Job. Unsere Mission. Deshalb sind wir hier. Herrschaften, das hier geht alles von unserer Zeit ab.« Er stand auf, schob eine Müslipackung zur Seite. »Ich will was erleben, statt endlos darüber zu diskutieren, wer abwäscht und wer das Frühstück macht.«

»Aber wo schlafen wir?«, fragte Hannah.

Das hatte ich mich insgeheim auch schon gefragt. Wir schauten uns im Esszimmer um. Hohe Decke. Oben lief eine Stuckborte entlang, in jeder Ecke saß ein Engelsgesicht, das mit prallen Backen auf uns herunterpustete.

»Hier gibt es bestimmt Schlafsäle. Hat Ulf doch gesagt.« Lu klang jetzt genervt. »Die schauen wir uns später an. Aber wir sind nicht zum Schlafen hergekommen. Jetzt ist *ilinx* dran. Los geht's, keine Ausreden mehr!«

Wir räumten den Tisch nicht ab. Ließen alles stehen und liegen. Die Mädchen nahmen ihre Teebecher mit.

9. KAPITEL

Draußen war es dunkel geworden. Richtig dunkel. In der Stadt sieht man immer irgendwo einen Lichtschein, aber hier draußen auf dem Land war es pechschwarz. Wir fanden fünf Kerzen und zündeten sie an. Feierliche Stimmung. Das Fest konnte beginnen.

»Wer fängt an?«, fragte Lu.

»Du hast doch schon angefangen, als wir gekocht haben«, sagte Hannah. »Erklärt uns, wie es geht, dann gehen wir rein.«

Nele nickte. »Ja, genau. Was müssen wir tun?«

Lu räusperte sich, er stand da wie ein Lehrer, einer von der engagierten Sorte. »Wir haben drei Brillen, okay? Drei Kopfhörer, drei Rechner, also können immer nur drei Leute reingehen. Das Programm ist so konfiguriert, dass ihr euren Namen eingebt, dann startet euer persönliches Programm. Alles gehört zu *ilinx*, aber es gibt auf dich zugeschnittene Sequenzen. Da kommst nur du rein. Sie sind erst mal kurz, nur drei Minuten. Vielleicht werden sie später länger, aber auch jetzt lohnt es sich schon. Jedenfalls wenn ihr bereit seid zu sterben.« Er kicherte wieder mit seiner hohen Stimme.

Keiner lachte über den schlechten Scherz.

»Was ist, wenn ich einen anderen Namen eintippe?«, fragte ich. Nur um zu zeigen, dass ich zuhörte, mitdachte.

Lu schüttelte den Kopf. »Keine Chance. Das System akzeptiert dich nur, wenn du es bist. Wir haben es ausprobiert. Es startet zwar, aber nach dreißig Sekunden kickt es dich wieder raus. Irgendwie erkennt es dich, wahrscheinlich an deinen Pupillen.«

Alex und Lu schauten sich mit einem wissenden Lächeln an und nickten.

»Es lohnt sich wirklich«, sagte Alex. »Stellt keine blöden Fragen, sondern macht einfach mal.«

Hannah, Nele und Lilly gaben nacheinander ihre Namen ein und holten sich Brillen. Auf einem kleinen Monitor konnten wir anderen sehen, dass die Sequenzen geladen wurden.

Hannah saß neben mir, sie setzte sich die Brille auf. »Hoffentlich wird das gut«, sagte sie, mehr zu sich selbst. »Hoffentlich wird das kein blödes Ballerspiel.«

Ich setzte ihr einen Kopfhörer auf. Streifte ihre Hand dabei. Sie wandte den Kopf in meine Richtung. Doch sie war blind. Und taub. Anders gesagt: Sie sah in einer anderen Welt. Hörte in einer anderen Realität.

Auch Lilly setzte ihre Brille auf. »Oh Gott, ich bin total gespannt«, sagte sie und kicherte aufgeregt. Ihr holländischer Akzent hörte sich ein bisschen künstlich an.

»Ich auch«, sagte Nele, klang dabei aber wesentlich gelangweilter. Sie trug bereits die Brille und wartete darauf, dass jemand ihr die Kopfhörer auf die Ohren setzte. Lu kümmerte sich darum.

Auf dem Monitor liefen die Sequenzen in kleinen Ausschnitten. Diejenigen, die draußen blieben, kriegten jetzt nicht mehr viel mit, außer dass die Leute mit den Brillen ganz schön bescheuert aussahen. Schwarze rechteckige Klötze vor den Augen, dicke Kopfhörer auf den Ohren, dazu ein paar Strippen und Kabel, die über den Pullover liefen. Die Gesichter waren kaum zu erkennen.

Allen drei Mädchen stand der Mund offen. Lilly sagte am Anfang noch: »Wow.« Dann gab sie, wie die anderen beiden, nur noch Laute von sich. Wenn überhaupt.

Die drei saßen da, wir schauten ihnen zu, sahen aber nur ihre Körper, wie sie sich bewegten. Hannah blickte nach unten, dann wieder hoch und zur Seite. Lilly schaute weiterhin in meine Richtung, ihr Mund offen, ein einziges, lang gezogenes »Ooooh« kam heraus. Sie meinte nicht mich. Dabei bewegte sie den Oberkörper, als würde sie tauchen. Nele saß vornübergebeugt, als suchte sie etwas vor ihren Füßen. Dann riss sie den Kopf zurück und schaukelte hin und her wie ein blinder Blues-Musiker in höchster Verzückung.

Drei Minuten. Drei Minuten können lang sein, wenn man nur zuschaut. Alex und Lu blickten mich an und nickten mir mit wissendem Lächeln zu: Du kommst gleich dran. Du wirst schon sehen.

Ich dachte an die Gesichter der Leute, als ich zum ersten Casting ins *c-base* kam. Das *c-base* ist ein Laden am Rand des Alexanderplatzes, unterirdisch, von innen sieht er aus wie die Kommandozentrale eines Raumschiffes. Das beruht auf einer komplexen Legende, die von Eingeweihten flüsternd weitergetragen wird: Das *c-base* sei ein Überrest einer Raumstation, die vor Jahrtausenden auf die Erde gestürzt sei (manche vermuteten gezielte Sabotage oder einen beabsichtigten Landeanflug), und zwar genau da, wo jetzt der Alex ist. Offensichtlich stammte sie aus einer anderen Galaxie, ein Radiochemiker fand mithilfe des Kohlenstoff-14-Tests heraus, dass das verwendete Metall nicht irdischen Ursprungs war und nach unserer Zeitrechnung etwa hunderttausend Jahre alt sein musste. Auf der Oberfläche waren irdische Schriftzeichen eingraviert: *c-base project – be future compatible*. Der Fernsehturm am Alex ist ebenfalls ein Rest des Raumschiffs, nämlich eine extraterrestrische Antenne. Mir gefiel das *c-base*, und mir gefielen die Gesichter der Leute, als ich reinkam. Ich drängte mich durch bis in den hintersten Raum, wo ich Ulf begegnete. Ulf, dem jungen, smarten Medienmanager. Dem innovativen Supertopcheckerchiller Ulf. In Designeranzug und Turnschuhen. Mit seiner bläulich getönten Sonnenbrille. Mit seinen Gesten, die immer wie aus einem Film geklaut wirkten. Ulf kam auf mich zu und sagte: »Auf dich habe ich gewartet! Lu hat schon von dir erzählt. Willkommen an Bord!«

Ulfs Sprüche. Musste man nicht toll finden. Aber ich kam an den nächsten Casting-Tagen wieder, ich wollte an die achthundert Euro rankommen. Vom Spiel selbst bekamen wir kaum etwas mit. Sie haben uns damals nicht viel gezeigt. Sie haben uns vor allem warten lassen.

Die drei Skalen auf den Monitoren fielen auf null und erloschen. Hannah nahm ihre Brille ab und verhedderte sich mit dem Kopfhörer, ich half ihr.

»Das ist unglaublich«, sagte sie. »Unfassbar. So etwas habe ich noch nie erlebt.«

Ich sah ihre Augen. Sie leuchteten. Sie hatte schöne, hellbraune Augen. Lange, dichte Wimpern. Aber nicht nur ihre Augen glänzten, ihr ganzes Gesicht war irgendwie verklärt. Selbst ihr roter Schal, den sie nie ablegte, schien noch mehr zu leuchten.

Lilly nahm die Kopfhörer ab, dann die Brille. Sie sagte nichts. Sie war noch ganz woanders. Nickte nur.

Nele saß aufrecht da. »Ich will das noch mal sehen. Ich will nicht raus«, sagte sie.

Alex nahm ihr vorsichtig den Kopfhörer ab. Die Brille. Sie saß einfach nur da, die Augen immer noch geschlossen, als wollte sie die normale Welt nicht wahrnehmen. Sie schüttelte den Kopf. »Oh Mann. Wow. Ich meine: WOW! Nicht zu fassen. Wie machen die das? Woher wissen die das?«

Hannah und sie begannen ein überstürztes Gespräch. Mädchen reden manchmal so schnell, so aufgedreht. Ihre Stimmen überschlagen sich. »Diesen Himmel habe ich seit Jahren nicht gesehen! Hast du es gefühlt? Ich war richtig da!«

Welcher Himmel? Ich kapierte nichts. Die anderen auch nicht.

»Und das Gras, ich stand ja drauf!«

»Du auch?«

Sie nickten sich zu. Hatten sie die gleiche Erfahrung geteilt?

Lilly sagte immer noch nichts, war ganz still. Lächelte. Gab die Kopfhörer an mich weiter. Die Brille. Ich hielt die Sachen unschlüssig in der Hand. Aber es gab kein Entkommen. Ich war der Letzte. Alex betrachtete uns und kaute energisch seinen Kaugummi, er wollte gleich wieder drankommen. Er hatte in dieser Nacht noch viel vor.

»Du musst erst deinen Namen eingeben, sonst findet *ilinx* deine Passage nicht«, sagte Lu. Er zeigte es mir auf dem Monitor.

Okay. Ich tippte meinen Namen ein, dann auf *Enter*. Sah mit Erleichterung, dass eine Sektion »Jan« in fettem Grün aufsprang und dann geladen wurde. Ich war drin. Für mich war gesorgt.

»Gute Reise«, sagte Alex, als ich mir die Brille aufsetzte.

10. KAPITEL

Die Ränder der Brille waren aus weichem Kunststoff und passten sich perfekt an meine Gesichtsform an. Ich sah nichts mehr. Kein Schimmer der Außenwelt drang hindurch. Ich schaute in absolute Finsternis. Jemand setzte mir Kopfhörer auf. Jetzt hörte ich die anderen nur noch wie aus weiter Ferne. Ihre Stimmen konnte ich nicht mehr unterscheiden. Und dann begann ich zu sehen. Und ich meine: wirklich zu sehen. Wie zum allerersten Mal. Gestochen scharf. Die Farben waren überwältigend.

Ich stehe in einem rotbraunen Felsengebirge. Auf einem Plateau. Ich kann meilenweit in die Ferne schauen. Vor mir – die Sahara. Ich kenne sie fast auswendig. Seit Jahren habe ich von der Wüste geträumt. Jetzt bin ich da, mittendrin. Die verwitterten und zerklüfteten Felsen des Gebirges fallen jäh vor mir ab, ich weiß nicht, wie ich jemals dort hinunterkommen soll. Dort unten erstreckt sich die Sahara. Lang gezogene Sanddünen, von einem geduldigen Wind gestriegelt. Sie liegen nebeneinander wie die Rücken einer Herde von riesigen Rindern. Wenn ich den Kopf wende, sehe ich die Ausläufer des Gebirges, das sich in einer Landschaft von Geröll und Stein verliert. Hier und dort Steinsäulen, ineinander verwachsene Steinbögen, durch die der Wind pfeift.

Ich höre das Anrennen des Windes, der von weither kommt und mit ungeminderter Kraft auf die aufragenden Felsskulp-

turen trifft. Er hat sich mit dem feinen Wüstensand vermischt und wäscht die Steinsäulen geduldig aus, schmirgelt den harten Fels ab. Minute für Minute. Stunde um Stunde. Tag und Nacht. Seit Jahren. Seit Jahrhunderten. Seit Jahrtausenden. Wenn er durch die engen Ritzen des Felsens fährt und sich an den scharfen Kanten des Steins reibt, dann ertönt ein Wimmern, das je nach Stärke des Windes leiser oder lauter wird.

Ich schaue auf meine Füße und sehe sie nicht. Nur den Felsboden des Plateaus, sogar den wieselnden Hauch der Windströme. Aber nicht meine Füße. Ich habe keinen Körper, ich bin nur ein Hauch, der noch weiß und sieht. Und der jetzt hinausgetragen wird in die Wüste. Ich gleite über den Rand des Gebirges hinweg und schwebe über der Landschaft. Vom Wind durchflossen, als sei ich ein Teil des Windes und werde gleichzeitig von ihm getragen. Ich habe keine Angst zu fallen, denn ich falle nicht, sondern fliege über die Wüste hin. Jetzt ist es völlig still, der Wind nicht mehr zu hören.

Ich bin glücklich. Ich kann fliegen. Breite meine Arme aus. Atme tief ein. Der Wind trägt mich näher zu einer Düne hin, ich sehe die schön geschwungene Linie ihrer Kante. Die Verwirbelungen des feinen Sandes dahinter, der über den Hang rieselt. Ich strecke die Hand danach aus, und in diesem Augenblick erstirbt das Bild. Ich kann meine Hand nicht zurückziehen, ich will dieses Wunder festhalten. Ich will nicht zurück.

Jemand nahm mir die Kopfhörer ab. Das Wimmern des Wüstenwindes war erloschen, jetzt hörte ich das Lachen der Mädchen und die Stimmen der Jungen.

»Seht ihn euch an. Ist hier jemand glücklich?«

Ich nahm die Brille herunter und musste meine Augen erst wieder an das Dämmerlicht des Kaminzimmers gewöhnen. Sie waren alle noch da, saßen nebeneinander auf der Couch oder auf dem Fußboden, die Knie angezogen oder auf einem Sessel. Alex starrte vor sich hin, als wollte er die Bilder, die er eben gesehen hatte, nicht verlieren. Exakt so ging es mir auch. Auf keinen Fall wollte ich diese Wüstenlandschaft verwischen lassen. Lu war immer noch im Kampfmodus, als Einziger von uns hatte er eine Konsole, mit der er Aktionen steuern konnte. Leute niederzergen. Gegner weglutschen. Zombies umnieten. Das pure Gamer-Glück.

Hannah zupfte mich leicht am Ärmel: »Wie war's bei dir?«

»Schwer zu sagen.« Meine Worte kamen langsam, weil mein Sprachzentrum fast völlig versagte. Für eine solche Erfahrung fehlte das Vokabular. Ich hätte sagen können: mega, überkrass, unbeschreiblich, unglaublich, Wahnsinn, einfach nur wow. Irre. Super. Hammer. Hammerhammer. Aber das wäre es nicht gewesen. Es hätte das, was ich gesehen hatte, irgendwie beschädigt.

»Es war groß«, sagte ich und kam mir dabei dumm vor. »Einfach nur groß.«

Die anderen nickten. Sie lachten nicht. Alex hörte auf zu starren und begann wieder seinen Kaugummi zu kauen, Lu entwirrte die Kabel der Brillen. Ich schaute auf meine Rift mit einer plötzlichen Sehnsucht: Ich wollte wieder dorthin zurück, gleich noch einmal in die Wüste eintauchen. Und als ich Hannahs Blick sah, wusste ich, dass sie dasselbe dachte.

»Was hast du gesehen?«, fragte ich.

Sie zuckte mit den Achseln. »Gras. Eigentlich nur Gras, eine endlose Prärie mit wogendem Gras. Es klingt so blöd, wenn ich das sage, aber ich konnte in dieses Grasmeer eintauchen, es fühlen, es riechen.«

»Ging mir auch so«, sagte Lilly. »Bei mir war es ein Strand. Karibik. Ich glaube, ich bin als Kind mal da gewesen, ich war so glücklich damals. Saß im Sand und hörte die Brandung rauschen. Da war auch mein Vater noch da.«

Alex sagte: »Eine Autobahn, und ich bin schnell. Ich muss nicht einmal lenken oder Gas geben, ich bin einfach verschmolzen mit dem Auto, denn es ist ein Kraftpaket, überholt die anderen Autos, zieht an ihnen vorbei, jagt weiter, ein gieriges Tier, die Straße runter, weiter und weiter. Frisst sich in die Kurve rein, den Berg hinauf. Schade, dass es nur drei Minuten waren.«

Nele sagte: »Ich glaube, ich war eine Maus, vielleicht auch eine Ratte, ich husche über die Steinplatten einer gewaltigen Kirche. Am Gestühl vorbei. Ich bin nicht auf der Flucht, sondern dies ist mein Reich. Hier wohnt sonst niemand außer mir. Ich bin heilig. Eine göttliche Maus. All dies gehört mir. Vorn schimmert in stillem Gold der Altar. Ich schlüpfe an den Fußleisten der Kirchenbänke vorbei und finde den Eingang zu meiner Wohnung. Da ist auch meine Familie. Meine Eltern und meine vielen Geschwister. Wir fressen gemeinsam, und dann kuscheln wir uns zusammen, um zu schlafen. Ich konnte die Wärme meiner Geschwister fühlen, als wir zusammen im Nestchen lagen, und ich konnte sogar das Gemüse schmecken, das die Eltern uns mitgebracht haben. Rüben, Kohl und leckerer süßer Mais …«

Sie breitete die Handflächen aus, als wollte sie uns zeigen, dass sie selbst nicht wusste, was das alles sollte. »Aber es war echt schön«, sagte sie.

11. KAPITEL

An diesem Abend wurden wir Wanderer, die ihre persönlichen Traumpfade betreten hatten, jeder für sich, auf sich allein gestellt. Es war, als ob *ilinx* uns bereits kannte, unsere geheimsten Wünsche und Sehnsüchte ahnte. Es war grandios, wenn wir uns hineinstürzten, ganz darauf vertrauten, was *ilinx* mit uns machen würde, uns zeigen würde. Ich wurde immer wieder in die Wüste geschickt, jede Session dauerte länger, zehn Minuten, eine halbe Stunde. Nicht immer konnte ich fliegen. Einmal war ich mit einem Tuareg auf einer Wanderung, wir nahmen unterwegs dürre Äste mit, zerbrachen sie und machten Feuer. Als es aufloderte, stellte mein Begleiter einen Kessel mit Wasser auf die Flammen, er saß in der Hocke und betrachtete mich. Die Nacht um uns fiel schnell. Wir lagerten an den Ausläufern eines Steingebirges, in völliger Stille. Die Berge in unserem Rücken erhoben sich steil aus dem Sandboden. Der Mondschein tauchte die Landschaft in ein fahles Licht, in dem die Berge hinter uns niedriger schienen und die Ebene vor uns unendlich weit. Es war großartig. Aber wenn das Spiel aufhörte, wenn wir die Brillen herunternahmen und die Realität wieder einsetzte, dann hatte man eine Art Kater. War unruhig, rastlos.

Jetzt saßen wir im Kaminzimmer und wussten nicht weiter. Die Kerzen verbreiteten ein unstetes Licht. Ich vermisste mein Handy. Nicht dass ich Entzugserscheinungen hatte, aber ich hätte zu gern kurz nachgeschaut, ob jemand angerufen oder getextet hatte, das hätte mich jetzt beruhigt. Zumindest abgelenkt. Den anderen ging es nicht besser. Nele wühlte jetzt schon zum vierten Mal in ihrer Tasche und tat dann so, als hätte sie nur ihren Labello gesucht. Auch die Jungen suchten reflexhaft in ihren Hosentaschen. Ziemlich mieser Zug von Ulf, uns genau das wegzunehmen, was wir am meisten vermissen würden.

Außerdem saß ich neben Hannah und fühlte mich fast durchsichtig, wenn sie mich anschaute. Aber sie sah mich nicht oft an. Sondern hörte zu, was die anderen erzählten. Lu ging im Raum herum und wiegte in einem fort den Kopf.

»Die Grafik ist einfach grandios«, sagte er. »State of the art. Keine Ahnung, wie sie das gerendert haben, aber da stecken Gigamilliarden von Bytes drin.«

»Ja. Sag mal, wo warst du eigentlich?«, fragte Alex.

Lu zuckte mit den Schultern und schob seine Brille den Nasenrücken hoch, eine Bewegung, die er hundertmal am Tag machte und die mich jetzt schon nervte. »Nichts Besonderes. Wenn man mal von der Qualität der Grafik absieht. Eine *GTA-V*-Gegend. Nur besser. Klarer. Du hast das Gewicht der Betonpfeiler gespürt. Das Öl auf den Straßen gerochen. Die Dichte des Asphalts empfunden, seine Risse gesehen, das Gras auf dem Standstreifen. Die ziehenden Wolken darüber. Voll echt! Es war eine amerikanische Großstadt. So gut wie verlassen. Die perfekte Zombiegegend, und ich kann euch sagen, ich kenne mich mit Zombiewelten aus. Die Hochhäuser standen leer. Fensterscheiben waren rausgebrochen. Der Wind pfiff durch.«

Ich nickte. Den Wind hatte ich auch gespürt, als ich in der Sahara war. »Wie machen die das?«

Er lachte, so ein keckerndes Lachen, das einem sagte: Mir kann man nichts vormachen. Ich hab schon alles durchgespielt. *Call of Duty*, *GTA*, *Resident Evil*, you name it.

»Immersion«, sagte er und schob wieder seine Brille hoch. In diesem Moment wirkte er intelligent. Er hatte wirklich Ahnung. Ich nicht. Mein Mund formte den Laut »Hä?«, ohne ihn auszusprechen.

»Du tauchst ein«, sagte Lu mit geduldiger Stimme, als würde er mit einem Kind sprechen. »Du betrittst ein Reich, das so realistisch wirkt, dass dein Körper es für bare Münze nimmt. Das ist seine Wirklichkeit, auch wenn der Verstand weiß, dass du auf einer Couch sitzt und eine Rift vor den Augen hast. Wenn du jetzt zwischen zwei Hochhäusern balancieren sollst und du siehst unter dir die Häuserschlucht mit den jagenden Autos und den winzig kleinen Menschen, die schimmernden Fassaden der Bürotürme, die bis nach unten reichen, dann reagiert dein Körper mit Schweißausbrüchen, Fluchtreaktionen, Panikattacken. Für ihn geht es ums Überleben. Er will nicht abstürzen. Er will nicht sterben. Das sind Jahrmillionen alte Reflexe. Aber in Wirklichkeit sitzt du auf einer muffigen Couch und schaust dir eine gut gemachte Grafik an.«

»Im Traum kriegst du doch auch Panik und willst schreien«, sagte Hannah. »Wachst schweißgebadet auf, weil du einen Feuersalamander getötet hast. Oder weil du die Hausaufgaben vergessen hast. Oder mit dem falschen Jungen im Bett aufwachst.«

Die Mädchen kicherten verlegen, als wüssten sie, wovon Hannah redete. Lu griff nach einer Rift. »Also, ich geh wieder rein, wenn ihr nichts dagegen habt. Bisher bin ich noch keinem einzigen Zombie begegnet.«

»Wir sollten erst mal sehen, wo wir alle schlafen«, sagte Hannah. Lu drehte die Augen zur Decke, er wollte weiterspielen, aber Alex nickte eifrig.

»Ich schlafe auf jeden Fall bei den Mädchen«, sagte er. »Damit sie sich nicht fürchten, so allein im Wald.«

»Wolltest du nicht Bier holen gehen?«, fragte Hannah. »Bring mir ein Überraschungsei mit.«

»Ich werde sehen, was ich tun kann«, sagte er und blinzelte ihr zu, als er in die Küche ging. Wir konnten uns nicht vorstellen, dass er wirklich rausging. Der Wald da draußen wirkte fremd und unheimlich. Wie auf Kommando schauten wir alle zu den Fenstern. Die Tannen standen dicht am Haus. In den Scheiben spiegelten sich der Schein der Kerzen und unsere verschwommenen Gesichter, sonst war nichts zu sehen. Nur wir Wanderer, die von seltsamen Traumpfaden zurückgekehrt waren. Oder immer noch unterwegs waren.

»Wir sollten mal lüften«, sagte Nele. Aber keiner von uns ging zum Fenster.

Ich stand auf. »Gibt's hier irgendwo ein Klo?«

»Das frag ich mich auch«, sagte Hannah. »Ich glaube in dem Gang dort, hinter der Treppe.«

Ich ging los. In der Küche stand Alex und schaute aus dem Fenster, die Hände in den Hosentaschen.

»Alles gut?«, fragte ich.

Er lächelte. »Der Wald schläft nicht«, sagte er.

»Du musst ja nicht rausgehen«, sagte ich. »Wir kommen auch ohne Bier durch die Nacht.«

Er schaute angespannt in die Dunkelheit, die das Haus umgab. »Wenn ich jetzt rausgehe, komme ich wahrscheinlich nicht wieder. Im Spiel kannst du nicht verloren gehen, irgendwann ist es vorbei, dann nimmt dir jemand die Brille ab. Aber da draußen im Wald gehst du wirklich verloren, nach einer halben Stunde findest du nicht mehr den Weg zurück.«

»Dann holen wir eben morgen dein Bier«, sagte ich. »Wo ist hier das Klo?«

Er deutete mit dem Daumen über seine Schulter. »Hinter der Treppe. Das Licht funktioniert nicht. Ich glaube, für Jungs ist rechts.«

Hinter der Treppe. Das hatte Hannah schon vermutet. Wie konnte sie das wissen, wenn sie noch gar nicht auf dem Klo gewesen war? Vielleicht kannte sie das Haus wirklich von früher.

Ich tastete mich durch einen dunklen Flur. Meine Augen gewöhnten sich nur langsam an die Dunkelheit. Die Stimmen der anderen tönten aus dem Kaminzimmer herüber, aber es klang, als kämen sie aus einer anderen Welt. Hinter der Treppe war eine Tür angelehnt. Es roch nach verdorbenen Apfelsinen und einem altmodischen Desinfektionsmittel. Ich kippte den Lichtschalter, doch es geschah nichts. Durch die Milchglasscheiben fiel fahles Licht. Zumindest konnte ich die Pinkelbecken sehen. Als ich pinkelte, schloss ich die Augen und war sofort wieder in der Sahara. Flog über den Rand des Gebirges. Mein Körper hatte sich nicht gewehrt. Keine Panik geschoben. Ich wollte immer schon fliegen, seit ich ein kleines Kind war. Aber woher wusste *ilinx* das?

Jemand hustete höflich, als er hereinkam. Alex.

»Wollte dich nicht erschrecken«, sagte er und stellte sich an das Becken neben meinem.

Ich hasse es, neben jemandem zu pinkeln.

Hinter uns hörten wir die Mädchen lachen und mit den Türen klappen.

»Alle müssen plötzlich aufs Klo«, sagte Alex.

Ich spülte, das immerhin funktionierte. »Komisches Haus«, sagte ich. »Scheint seit Jahren verlassen zu sein. Aber das Licht in der Küche und im Essraum geht. Der Gasherd funktioniert. Und die Klospülung auch.«

Alex fand das alles völlig in Ordnung. »Ich finde das Haus perfekt«, sagte er. »Ist doch nett hier. Genug zu essen. Die Rechner laufen, und die Brillen sind der Hammer. Dafür sind wir doch hier.«

Die Mädchen im Nebenraum kreischten und gackerten. Was war so lustig? Ich ging auf den Flur hinaus, auf der Mädchentoilette brannte Licht. Die hatten wenigstens welches.

Ich stand am Fuß der Treppe und konnte mich nicht entschließen, allein hochzugehen. Im nächsten Moment kam Hannah aus dem Klo und ging an mir vorbei.

»Komm!«, sagte sie.

12. KAPITEL

Wir gingen die Treppe hoch. Betraten einen Flur, der sich weit nach hinten erstreckte. Jedenfalls kam es mir so vor. Sehen konnten wir nichts. Es war absolut finster.

»Wo ist hier das Licht?«, flüsterte Hannah.

»Wieso flüsterst du?«, fragte ich zurück. Auch meine Stimme war so gut wie unhörbar. Ich tastete an der glatten Wand, fand einen Lichtschalter, legte ihn um. Es passierte nichts.

»Hast du dein Handy?«, fragte Hannah. Sie flüsterte immer noch, als wollte sie hier niemanden aufwecken.

»Nein. Abgegeben. Das weißt du doch.«

Wir standen nahe beieinander, fast zu nah. Unten riefen sich Nele und Lilly etwas zu, Türen klappten, die Klospülung rauschte, das Haus wirkte dort unten fast unnatürlich belebt. Hier oben war es totenstill. Nur Hannah und ich, und wir atmeten kaum. Fast konnte ich ihr Herz klopfen hören. So nah war ich seit Mia keinem Mädchen mehr gewesen.

»Wir müssen Kerzen holen«, sagte ich.

»Okay«, sagte sie. Es klang enttäuscht, aber vielleicht bildete ich mir das auch nur ein.

Wir tappten die Treppe wieder hinunter und begegneten dort Lilly, Nele und Alex.

»Ihr wart schon oben?«

Wir nickten.

»Aber es ist zu dunkel. Das Licht geht nicht. Wir holen Kerzen.«

Ich ging ins Kaminzimmer und nahm zwei Kerzen vom Tisch. Lu saß allein auf der Couch, die klobige schwarze Rift vor den Augen. Seine Hände bewegten sich durch die Luft, die Finger flirrten wie Kolibris.

»Wie schauen uns das Haus an«, sagte ich. »Kommst du mit?«

Er hatte die Kopfhörer auf und reagierte nicht.

Hannah nahm zwei weitere Kerzen. Die anderen warteten am Fuß der Treppe, wir schützten die flackernden Lichter, als wir die Treppe hinaufgingen.

Durch den unsteten Lichtschein wirkte der Flur fast noch dunkler. Als wir jetzt hineingingen, wurden Türen an der Seite sichtbar, hohe Türen mit schlanken Türgriffen. Alex versuchte, eine zu öffnen. Sie war verschlossen.

Ich rüttelte an der nächsten. Sie war auch zu.

»Toll«, sagte Nele.

»Wir werden alle sterben«, sagte Alex und ahmte dabei Lus hohe Stimme nach. In dieser Finsternis klang das nicht so superlustig. Aber wir kicherten trotzdem. Um uns Mut zu machen.

Auch die folgenden Türen waren verschlossen. Mir war es fast lieber so, ich wollte gar nicht mehr wissen, was sich dahinter verbarg. Erst ganz hinten, am Ende des Flurs, konnten wir eine Tür öffnen. Und natürlich war es genau das, was wir suchten: das Matratzenlager. Der Raum war fast bis zur Decke mit aufgestapelten, grau-weiß gestreiften Matratzen vollgestellt.

»Das müsste reichen«, sagte Alex.

»Aber wo sollen wir schlafen?«, fragte Lilly. Sie klang ziemlich genervt.

»Im Kaminzimmer«, sagte Alex.

»Wir alle?«

»Wir gehören doch zusammen«, sagte er und legte grinsend den Arm um ihre Schulter. »Hast du noch nie mit anderen Leuten in einem Raum geschlafen?«

Lilly schüttelte seinen Arm ab und ging ein paar Schritte von ihm weg.

Nele diskutierte nicht, sondern zog sich eine Matratze aus dem Stapel und schleifte sie aus dem Zimmer hinaus, den Gang entlang zur Treppe.

Hannah und Alex folgten mit ihren Matratzen. Also zog ich mir auch eine heraus. Lilly hielt die Kerze.

»Soll ich eine für dich mitnehmen?«, fragte ich.

»Ich will nicht mit allen zusammen schlafen«, sagte sie. »Ich finde das echt nicht gut.«

»Du könntest dich in das Esszimmer legen«, sagte ich.

»Na klar. Ich kann mich auch unter die Waschbecken vom Mädchenklo legen. Oder in die Küche. Oder gleich draußen in den Wald.« Sie sah aus, als würde sie gleich anfangen zu heulen.

Wie um mir zu zeigen, wie bescheuert sie mich fand, zerrte sie ihre Matratze so ungeschickt wie nur möglich aus dem Stapel, blieb mit ihr im Türrahmen hängen, trat mit dem Fuß nach der aufgekanteten Ecke und schleifte sie dann trampelnd durch den Gang. Dabei fluchte sie ganze Zeit halblaut darüber, wie toll es sei, mit so intelligenten und kooperativen Leuten zusammen ein Wochenende zu verbringen. An der Treppe ließ sie die Matratze die Stufen hinunterrutschen, aber das Teil verkeilte sich auf halber Strecke in den Streben des Treppengeländers und blieb stecken.

Alex und Nele, die gerade zurückkamen, halfen ihr, die Matratze den Rest der Treppe hinunterzutragen und ins Kaminzimmer zu bringen.

»Das ist echt einfach nur krank!«, hörte ich sie weitermeckern.

Dabei war es dann gar nicht so schlimm. Die Mädchen hatten ihre Matratzen ordentlich nebeneinandergelegt, und dahinter hatten wir Jungen unsere lose verteilt. Auch für Lu hatten wir eine geholt. Er saß immer noch auf der Couch, mit Rift und Kopfhörern.

Bei den Mädchen sah es natürlich etwas geordneter aus als bei uns, außer bei Nele vielleicht, vor allem, als wir unsere Rucksäcke geholt und ausgepackt hatten. Die Mädchen sortierten ihre Sachen an der Wand entlang, machten kleine Stapel von Shirts und Pullis, Haarbürsten, Shampoo, Duschgel und eben so Mädchenkram. Außer meiner Zahnbürste hatte ich überhaupt nicht an Waschzeug gedacht, weil ich davon ausgegangen war, wir würden das hier bekommen. Lu bestimmt auch nicht, er interessierte sich sowieso nur für das Spiel. Aber für zwei Tage war das okay. Zur Not konnte ich mir Alex' Duschgel borgen. Er hatte auch Haargel und einen Kamm dabei, das würde ich aber bestimmt nicht brauchen. Wir richteten uns ein.

Die Mädchen hatten sogar Schlafanzüge mit. Alex und ich, wir rollten nach dem Zähneputzen einfach nur unsere Schlafsäcke aus und schlüpften in Shorts und T-Shirt hinein. Beim Abendessen hatte uns Lu kichernd erzählt, dass er Stinkfüße hatte. Wir hatten seine Matratze so weit weg von uns wie möglich hingelegt.

»Können wir vielleicht ein Fenster aufmachen?«, fragte Nele.

Wir stellten zwei Fenster auf Kipp.

Hinten auf der Couch saß immer noch Lu mit der Rift und den Kopfhörern. Seine Hände tanzten durch die Luft. Die Brille schimmerte grünlich.

»Geh mal lieber schlafen«, rief ich ihm zu.

Natürlich hörte er mich nicht. Ich drehte den Kopf zur anderen Seite.

Es war weit nach Mitternacht, und es dauerte nicht lange, bis die anderen tief und fest schliefen. Alex schnarchte, aber daran lag es nicht, dass ich keinen Schlaf fand und mich hin und her wälzte, was im Schlafsack immer blöd ist. Ich dachte an Berlin, an die weite Strecke zwischen diesem Ort in den Brandenburger Wäldern und der Stadt. An das kleine Mädchen an der Kreuzung und wie es uns nachgewinkt hatte. Und natürlich an Mia. Ich dachte auch an meine Eltern, und in meinem Inneren rollte eine Welle von Zuneigung, die ich seit Langem nicht mehr gespürt hatte. Müsste ich ihnen eigentlich mal sagen. Gleich wenn wir zurück in Berlin waren, am Sonntag. Ich war erst einen halben Tag weg, aber es kam mir vor wie eine Ewigkeit. Durch die halb geöffneten Fenster rauschte der Nachtwind, der in den Tannen und Kiefern ein sausendes Geräusch machte. Dahinter unaussprechliche Stille.

13. KAPITEL

Als ich aufwachte, waren die Schlafsäcke neben mir leer. Das Kaminzimmer lag im Morgenlicht. Ich hob den Kopf und sah Lu auf der Couch sitzen, das schwarze Brett der Rift vor den Augen und die Kopfhörer auf den Ohren. Er wirkte kleiner und entrückter als in der Nacht.

»Hi«, sagte ich. Er gestikulierte mit den Händen, hatte mich wahrscheinlich überhaupt nicht gehört.

»Hast du die Nacht durchgemacht?«

Er reagierte nicht auf meine Frage.

Aus der Küche hörte ich das Klappern von Tellern und Besteck. Mädchenstimmen. Es roch nach Spiegeleiern mit Speck. Nach Kaffee. Ich stand auf, zog mich an, ging zum Toilettenraum, um mich ein bisschen frisch zu machen. Meine Haare sahen schlimm aus. Sollte ich mir doch Alex' Kamm und Haargel borgen? Das war irgendwie peinlich. Ich entschied mich für Wasser und den Fünf-Finger-Kamm. Ich kam mir vor wie zu Besuch bei fremden Leuten. Das hatte mir schon als Kind nie gefallen. Man schleicht durch fremde Räume, muss gute Laune zeigen, und eigentlich fragt man sich die ganze Zeit, wann man endlich wieder nach Hause darf.

Beim Frühstück wurde es besser. Alex hatte zum Glück reichlich Spiegeleier gemacht, und ich klatschte mir auch eins auf den Teller. Kaffee mochte ich nicht, die Mädchen offenbar auch nicht. Hannah probierte und entschied sich dann doch für O-Saft, wie Lilly. Nele trank irgendeinen Tee. Wir stopften uns alle ordentlich voll, wir waren mindestens so hungrig wie die Wölfe, die es draußen im Wald geben sollte. Die Spiegeleier waren richtig lecker, außerdem gab es noch Toastbrot mit Nutella oder Marmelade, Müsli und Cornflakes.

»Einer fehlt«, sagte Hannah und schob sich einen Löffel Müsli in den Mund.

»Lu«, sagte Nele beiläufig.

Ich ging rüber ins Kaminzimmer, um ihn zu holen. Er saß immer noch auf der Couch, Brille vorm Gesicht, Kopfhörer auf. Er wirkte jetzt winzig klein, und ich zögerte, ihn anzustoßen.

»Hey Lu, wir frühstücken«, sagte ich. Keine Chance. Wie klopft man bei jemandem an, der in einer anderen Welt unterwegs ist? Der vielleicht gerade Zombies jagt? Ich tippte auf seine Schulter. Keine Reaktion. Ich schüttelte sie ein bisschen. Da fuhr er auf, mit einem Schrei, der mir durch Mark und Bein ging. Mädchen kreischen, das wusste ich, aber mir war neu, dass auch Jungen so gellend schreien können. Er riss sich die Brille herunter, der Kopfhörer rutschte mit, seine Augen waren vor Entsetzen aufgerissen, und mit den Armen nahm er eine Art Kung-Fu-Abwehrhaltung ein, was mickrig wirkte, weil er immer noch auf der Couch saß. Der Oberkörper unter seinem Streifenpulli zitterte.

»Alles gut«, sagte ich. »Wollte nur Bescheid sagen, dass wir jetzt frühstücken. Falls du auch Hunger hast. Spiegelei, Speck, Nutella.« Ich klang wie seine Mutter.

»Wir müssen sie crappen. Wegmessern. Umspammen.« Seine Stimme war kratzig, fast bösartig, er schien mich zu hassen. Die Arme nahm er nicht runter.

»Hast du die ganze Nacht gespielt?«

Lu sah sich im Raum um. Sein Kopf ruckte hin und her, als müsste er sich vergegenwärtigen, wo er überhaupt war.

»Ich war in Zombieland«, sagte er. »Es war der Wahnsinn. Ein riesiges, uraltes Labyrinth unter der Stadt. Und ich bin der Gefängniswärter für Tausende von Zombies. Kilometerlange Tunnel mit ihren Zellen. Keine Ahnung, wie lange sie schon dadrin sind. Auf jeden Fall dürfen sie nicht herauskommen. Aber sie haben Hunger. Entsetzlichen Hunger. Sie rütteln an den Stäben, grunzen, wollen raus. Die ganze Stadt ist unterkellert mit diesem Zombiegefängnis. Und ich bin dafür verantwortlich, dass sie nicht rauskommen. Der einzige verbliebene Gefängniswärter auf Erden. Verstehst du? Deshalb musste ich die ganze Nacht wach bleiben. Ich musste sie füttern!«

»Klingt toll«, sagte ich. »Aber wollen wir nicht frühstücken gehen? Alle warten.«

Er legte die Brille behutsam zur Seite. So feierlich, als wäre sie heilig. Ein Priester, der seine Zeremonie nur ungern unterbricht. »Bis gleich«, sagte er.

Die Brille schaute stumm zurück.

»Endlich mal einer, der unseren Job wirklich ernst nimmt«, sagte Alex, als wir zum Tisch kamen. Die anderen aßen schon. »Wir müssen uns heute ranhalten. Nicht dass wir Ulf und seine Leute enttäuschen. Kann man *ilinx* eigentlich durchspielen?«

Lu schüttelte den Kopf, kaute wie besessen ein Nutellabrot, schob gleich eine zweites hinterher. Er sagte etwas, aber die Worte schafften es nicht, den Brei in seinem Mund zu durchdringen.

»Was hast du deinen Zombies eigentlich zu essen gegeben?« Die Frage fiel mir jetzt erst ein.

»Hirn«, sagte er und kaute schmatzend weiter. »Frisches Schweinehirn. Sie können es nicht von menschlichem Hirn unterscheiden. Aber menschliches Hirn ist wahnsinnig teuer, das kann sich unser Gefängnis nicht leisten.«

Die Mädchen gaben angewiderte Geräusche von sich.

»Muss das jetzt sein?« Nele stand auf und räumte mit demonstrativ vorwurfsvoller Miene ihren Platz ab.

»Ja, es musste sein«, sagte Lu. Er war knallwach, obwohl er die Nacht durchgemacht hatte, und sichtlich stolz auf seine geleistete Arbeit. »Ich habe sie euch vom Hals gehalten. Ihr Schlafschafe hättet euch nicht wehren können. Wenn sie nicht zumindest Schweinehirn bekommen hätten, dann wären sie über euch hergefallen. Aber ich habe sie ruhig gestellt. Die ganze Nacht lang. Einer muss da sein. Einer muss wachen.«

»Danke«, sagte ich. »Du bist unser Held.«

Er neigte hoheitsvoll seinen Kopf. Die Haare standen schräg von den Seiten ab. »Gern geschehen. Aber ich muss euch warnen. Sie lassen sich nicht lange hinhalten. Sie sind schon wieder hungrig, ich kann es fühlen. Sie rütteln und nagen an den Gitterstäben, ich muss gleich wieder runter zu ihnen in den Keller.«

Hannah sagte: »Ich würde eigentlich gern mal rausgehen, bevor wir weiter die Brillen testen. Nur mal kurz vor die Tür. Es ist so ein schöner Tag.«

»Ich würde mich vorher gern noch ein bisschen zurechtmachen«, sagte Lilly. »Dann komme ich mit.« Wir Jungen hörten auf zu kauen, selbst Lu fiel dazu nichts mehr ein.

»Du siehst doch super aus«, sagte er.

Wir anderen dachten das Gleiche. Sie sah wirklich und ehrlich super aus. Ihr Outfit traf nicht ganz meinen Geschmack, ich stand nicht auf Prinzessinnen, ich mochte eher den sportlichen Typ, Mädchen wie meine furchtlose Mia, aber ich konnte verstehen, was Jungs an Lilly fanden. Fast makellos saß sie da. Selbst ihr rosa Hoodie kam aus der Prinzessinnenkollektion. Mit silbernen, geschwungenen Buchstaben stand über ihrer Brust: *I'm a naughty princess*. Man musste sich ermahnen, da nicht dauernd hinzuglotzen. Ich fühlte mich in ihrer Nähe auch ein bisschen wie ein Zombie.

Sie warf ihr Haar zurück. »Das sagst du jetzt nur so. Ich fühle mich total stinkig. Habt ihr hier Duschen gesehen? Wollt ihr etwa das ganze Wochenende rumlaufen wie Dorftrampel?«

»Ja, wollen wir«, sagte Lu. »Wir sind hier nicht bei Heidi Klum. Du kriegst hier kein Foto für die nächste Runde. Kein Fotoshooting auf Barbados. Hier gibt es auch keine Badewanne mit Rosenblättern. Keinen Zimmerservice. Keine Stretchlimo zum Trump Tower. Du bist hier in Altglobsow, Brandenburg. In diesen Wäldern gibt es Wölfe. Und denen ist es vollkommen wurscht, ob du geduscht bist. Die fressen dich auch so. Die haben einfach nur Hunger. Wie meine Zombies im Keller. Die wollen nur dein Hirn.«

»Du bist so primitiv mit deinen Zombies, du tust mir einfach nur leid«, sagte sie mit einem Blick, der über ihn hinwegging. Der über uns alle hinwegglitt. »Aber schon mutig, wie du dich hier aufführst.« Sie strich ihr Haar zurück. Ihr tolles langes, blondes Haar.

»Lilly, echt jetzt!«, sagte Hannah.

Lu, der neben ihr saß, schnupperte an ihrem Prinzessinnenhoodie. Sie rückte sofort von ihm ab.

»Ich glaub, ich weiß jetzt, was sie meint«, sagte er. »Sie riecht tatsächlich ein wenig. Müffelt etwas säuerlich. Nach Tier. Puma oder so. Um ehrlich zu sein, ein Puma, der zu lange nicht rausgekommen ist.«

Lilly verschränkte ihre Arme vor dem silbernen *I'm a naughty princess*-Schriftzug. Natürlich so, dass man ihre perfekten falschen Fingernägel sehen konnte. Ihre Armbanduhr. Ihre Designerjeans. Aber ihr Mund war zu einer Schnute verzogen.

»Das ist mir echt zu blöd mit euch«, sagte sie.

»Kartoffelschalen und ein Tüte Fischabfälle«, stichelte Lu weiter und wedelte die Luft aus ihrer Umgebung zu sich wie ein Weinkenner, der ein besonderes Aroma ermittelt.

Sie schlug nach ihm wie nach einem lästigen Insekt.

»Miss Stinkypinky«, sagte Lu ungerührt und leckte seinen Kaffeelöffel ab. »Gammelfleisch of 2015.«

Hannah mischte sich ein. »Könnt ihr nicht aufhören mit eurem Kindergarten? Das ist echt albern.«

»Ich finde es grad interessant«, sagte Nele. Sie hatte die Arme verschränkt und verfolgte belustigt das Wortgefecht zwischen Lilly und Lu.

Alex kaute wieder seinen unvermeidlichen Kaugummi, schaute von einem zum anderen und sagte: »Okay. Dann macht doch ruhig weiter. Wo ist das Popcorn?«

Hannah stand auf und räumte den Tisch ab. Lu und Lilly bewegten sich nicht von der Stelle. Lu lächelte einladend, als wollte er sagen: Na, komm schon, dir fällt doch noch was ein! Aber Lilly schaute über ihn hinweg und lächelte auch, als träumte sie von einer Zukunft, in der es keine Lästlinge wie Lu mehr gäbe. Kein Altglobsow. Kein Brandenburg.

Doch nach ein paar Minuten wurde es langweilig. Alex half beim Abräumen. Ich auch. Wir wuschen das Geschirr ab, und so langsam löste sich die angespannte Atmosphäre auf.

Wir gingen nach draußen. Machten ein paar Schritte auf dem Vorplatz, wo wir angekommen waren. Der Wald wirkte jetzt freundlich, das Sonnenlicht schimmerte durch die Bäume. Vögel zwitscherten. Die ersten Mücken waren unterwegs. Hinten im Wald hämmerte ein Specht. Ein schöner Tag.

»Wie spät ist es eigentlich?«, fragte ich Nele, die neben mir stand. Sie zuckte mit den Schultern.

»Keine Ahnung, vielleicht Mittag oder so.«

Ich schaute nach, wo die Sonne stand, aber das verwirrte mich nur noch mehr, sie schien bereits im Westen zu stehen. Das konnte nicht sein. Wir standen etwas ratlos herum. Hannah war ein wenig vor dem Haus auf und ab gelaufen und schaute sich wieder das Haus an. Der Anblick machte sie nicht glücklich. »Ich muss hier schon mal gewesen sein«, sagte sie, »und ich weiß nicht, wann. Ich kann mich einfach nicht erinnern. Aber mein Körper erinnert sich, ich hab ständig einen Kloß im Hals und dicke Augen, als ob ich gleich anfangen müsste zu weinen.«

Mir gefiel das Haus an diesem Tag besser als bei unserer Ankunft. Es war einfach nur ein altes Kinderheim am Waldrand. Oder mitten im Wald. Der Weg, auf dem wir gestern gekommen waren, verlor sich bald hinter einer Biegung.

»Wie weit ist es bis zum nächsten Dorf?«, fragte Alex. »Wer kommt mit mir Bier holen?«

»Ich glaube, es ist ziemlich weit«, sagte Hannah. »Als wir gekommen sind, standen ein paar Häuser an einer Kreuzung. Und dann ist Ulf noch zweimal abgebogen. Aber an der Kreuzung war bestimmt kein Supermarkt. Nicht einmal eine Kneipe. Vielleicht waren die Häuser auch unbewohnt.«

»Wir werden alle sterben«, sagte Lu. »Kein Bier, keine Party, keine Dusche. Nur die Zombies in den Labyrinthen unserer virtuellen Realitäten, die wir gleich weiter erforschen werden. Kommt doch einfach wieder rein.« Er stand immer noch im Türrahmen. Lilly folgte ihm als Erste. Sie lief mit ihren Ballerinas über den Kies bis zum Hauseingang. Aber auch wir anderen mussten nicht lange überredet werden. Wir gingen alle gern wieder rein.

Ich dachte an die Sahara, die ich am Abend zuvor überflogen und durchwandert hatte. Die endlosen Sanddünen im warmen

Licht der Sonne. Die Senken und Hügel, die ausgetrockneten Flussläufe. Die verwitterten Felssäulen im Ahaggar-Gebirge. Eine Oase am Horizont. Und ich fliege darüber hinweg. Die Brandenburger Wälder hatten mir nichts zu sagen. Sie waren fad im Vergleich zu dem, was mich bei *ilinx* erwartete.

14. KAPITEL

Lu zog die Vorhänge zu. »Tageslicht brauchen wir nicht«, sagte er. Er wirkte richtig engagiert. Man merkte, dass seine Hände zitterten. Er wollte weg von hier. Er wollte zurück ins Zombieland, in seine echte Heimat.

Er nahm sich eine Brille und tippte seinen Namen ein, reichte mir die zweite Brille und schob mir die Tastatur herüber, damit ich mich auch eintragen konnte. Ich schaute Hannah an.

»Mach ruhig!«, sagte sie. »Ich bin in der nächsten Runde dran. Ich sitze hier und pass auf dich auf.«

Ich setzte die Brille auf, blickte in die Schwärze und wartete darauf, dass *ilinx* startete. Ich freute mich auf die Sahara. Auf den unendlichen Horizont. Vor meinen Augen flackerten Millionen Lichtpunkte auf, *ilinx* nahm mich mit. Und dann gab es kein Entrinnen mehr.

Oktobersonne, ich laufe den Eingang zur Subway hinunter, ziehe die Metrocard durch den Schlitz, gehe durchs Drehkreuz, da kündigt ein fernes Rumoren und Grollen schon den Zug an. Ich renne die Stufen zum Bahnsteig hinunter und komme in dem Moment an, als er mit einem ohrenbetäubenden Lärm einfährt. Die Türen springen auf, ich steige ein, der Zug ruckt an und nimmt Fahrt auf. Ich gehe durchs Abteil, muss mich immer wieder festhalten, weil der Zug in den Schienen hin und her geschleudert wird, manchmal geht das Licht aus, dann sieht man nur die kleinen Lichtflecken der Smartphones, auf denen die Fahrgäste ihre Serien gucken oder Nachrichten checken oder texten. Die nächste Station, Hoyt-Schermerhorn, wir steigen alle aus. Wohin will ich überhaupt? Weshalb habe ich es so eilig? Vielleicht weil alle anderen vorwärtsdrängen und ich einfach im Strom der Leute mitschwimme, niemand schaut mich an, aber alle rennen hinüber zum M-Train, der auf dem gegenüberliegenden Gleis wartet. Ein uralter Zug, heruntergekommen, aber stabil. Ich lasse mich mit hineinschwemmen. Neben mir reden zwei Freundinnen, lachen, zeigen ihre tollen Zähne. Ich zähle die Stationen mit, dann wird der Zug richtig schnell und donnert hinaus ins Tageslicht, auf der Washington Bridge hinüber nach Manhattan. Ich stehe am Fenster und sehe den Hudson River unter uns, die gewaltigen Stahlstreben der Brücke, der Lärm der Subway ist einfach nur heftig. Er dringt durch meinen Körper, geht direkt ins Knochenmark, ins Blut. Pure Energie. Die Wolkenkratzer von Manhattan kommen auf uns zu, wachsen vor uns in die Höhe, je näher der Zug dem Ufer entgegenrast. Dann verschluckt uns ein Tunnel, die Fahrt wird langsamer, wir halten bald. Einige Leute steigen aus, aber es kommen viel mehr herein, Geschäftsmänner in feinen Anzügen, am Handgelenk schwere Golduhren, Studenten mit frischen Gesichtern, Hipster mit Karottensaftsmoothies. Hinten predigt ein alter Schwarzer: »Wenn in der Hölle kein Platz mehr ist, kommen die Toten auf die Erde zurück. Nehmt euch in Acht!« Niemand nimmt Notiz von ihm. Wir fahren die lange Strecke von Downtown hinauf bis zum Times Square, dort steige ich aus. Steige um, renne hinüber zur Linie 7. Das Labyrinth unter dem Times Square ist eine einzige Katastrophe. Ein irrsinniges Gedränge von Menschen. Ganz hinten sehe ich den dunklen Haarschopf von Mia, aber das kann nicht sein. Und doch bin ich mir sicher, will hinter ihr her, will sie ansprechen, anfassen, aber das Gedränge wird immer heftiger – wie ein Sog, der mich in die andere Richtung zieht, mich verschluckt. Gesichter flirren an mir vorbei. Gezupfte Augenbrauen. Brillen. Münder. Satzfetzen am Handy. »Eggsääckly!« Schuhe. Ein Straßenmusiker steht in der Ecke und spielt einen Countrysong. Klackende Absätze. Lautsprecherdurchsagen, eine sonore männliche Stimme. In diesen Gängen ist es immer noch heiß und stickig, als würde der Sommer niemals vorbeigehen. Mit jedem Zug kommt ein neuer Luftschwall aus den Tunneln, die modrige, schwüle Luft des New Yorker Untergrunds. Ich fahre mit jedem Zug, den ich bekommen kann, steige aus, schaue mich nach ihr um, fahre weiter, uptown, downtown, zurück nach Brooklyn, hinaus nach Queens Flushing Meadows. Und ich finde sie nicht.

15. KAPITEL

Die Vorhänge blieben den ganzen Nachmittag zu. Wir spielten. Wir tauchten ein in die Welten von *ilinx*, in die Labyrinthe der heimlichen Wünsche und Träume, in verborgene Katakomben unserer Sehnsüchte und Visionen, die wir niemandem jemals erzählen würden.

Je länger wir spielten, desto ausführlicher wurden auch die Sequenzen, sie blühten auf und entfalteten sich in unglaublicher Schönheit und Intensität. Hannah war als Kriegerin im Mongolenheer des Dschingis Khan auf dem Weg nach Westen, sie sah den Kriegsherrn vor sich, als er die Musterung abnahm: schwarzer Zobelmantel, ein Gürtel schwerer Goldplatten, Adlerfedern bedecken seinen breiten Hut. Mausgraue Augen. Das Heer von zweihunderttausend Mann und sein unermesslicher Tross wälzen sich in Tagesritten durch Hügelland, Geröllwüsten, Hungersteppen und eisige Gebirge, bis sich endlich die Hänge gen Westen zu senken beginnen: ein Blick auf unermessliche, von Flüssen durchzogene grüne Ebenen. Die Luft ist vom scharfen Geruch nach Pferdeschweiß erfüllt, als sie sich zum Angriff sammeln.

Keiner wollte aufhören, und die anderen, die nicht an der Reihe waren, warteten sehnlichst darauf, dass wir die Brillen endlich an sie weiterreichten, wenn wir unsere Dosis bekommen hatten. Sie warteten darauf, sich endlich wieder einzuloggen und ihre Reisen fortzusetzen. Je länger wir spielten, desto mehr Sog entwickelte *ilinx*, und desto willenloser ergaben wir uns diesem Sog der Bilder, diesem Strudel einer Realität, die heftiger und intensiver war, als unsere gewohnte Wirklichkeit es jemals sein konnte.

Wir wussten nicht, was uns erwartete, wenn wir die Brillen aufsetzten und das Programm anlief. *Ilinx* war wählerisch. Für jeden von uns gab es ein persönliches Puzzle von imaginären Abenteuern. Jeder betrat sein eigenes virtuelles Reich. Zwischendurch versuchten wir, einander zu erzählen, was wir erlebt hatten. Die anderen auf dem Laufenden zu halten. Wir mussten nach Worten suchen, um die Erfahrung zu benennen.

Alex tauchte hinab in die Tiefsee. »Ab zweihundert Meter verliert sich das Licht«, sagte er später. »Ab tausend Meter herrscht nur noch undurchdringliche, ewige Finsternis. In der Zone mit Schwachlicht leben Beilfische mit riesigen Augen und irrsinnig großen Zähnen. Andere haben eine leuchtende Ampel auf dem Kopf, um ihre Beute anzulocken, sie schwimmt ihnen dann direkt ins Maul. Ich weiß nicht, wie tief ich noch hinunterkomme. Jede Sequenz ist total anders als die vorige.« Wenn er die Brille abnahm, musste er die Augen zusammenkneifen im plötzlichen Lichtschein unseres Zimmers.

Am besten war Lu dran. Er wurde von *ilinx* jedes Mal wieder ins Zombieland geschickt. Was ihn betraf, war es das perfekte Reiseziel. Er wollte nirgendwohin als in diesen Keller, in dessen Grüften die beklagenswerten Untoten an ihren Gitterstäben rüttelten und nach frischem Hirn winselten. Lu kannte seinen

Job. Wenn er die Brille aufhatte, konnten wir seine freundlichen, leicht herablassenden Sprüche hören, mit denen er die Fütterungen begleitete. »Kommt, meine Lieben, lecker Hirn, frisch aus dem Schädel geerntet. Lasst es euch schmecken.« Ein maliziöses Lächeln spielte währenddessen um seine Lippen.

Bei mir wechselte *ilinx* die Szenerien und Orte, ich wusste nie, worauf ich mich nun einließ, und konnte keinen Zusammenhang mit der vorherigen Bilderwelt herstellen. Ich wusste nur: Ich liebte diese Reisen.

Ich paddele in einem Kajak durch die Sümpfe von Louisiana. Neben mir schwimmen Alligatoren. Nur ihre Augen ragen aus dem Wasser. Ich fahre langsam durch das Dickicht der Mangrovenbäume, über mir hängt Spanisches Moos von den Zweigen herunter, ein silbriger Vorhang, den ich immer wieder von Neuem teile. Manchmal höre ich es klatschen, und wenn ich mich umwende, sehe ich einen weiteren Alligator, der sich ins Wasser geworfen hat.

Ich kam zurück aus diesen Welten, als wäre ich wirklich dort gewesen. Es war kein Spiel. Es war viel mehr als das. Es war eine echte Erfahrung. Ein Eintauchen mit allen Sinnen. Natürlich wusste ich, wussten wir alle, dass wir dabei auf der Couch im Kaminzimmer saßen, Kopfhörer auf den Ohren und eine Rift vor den Augen hatten, eine Rift, deren Lichtgewitter uns Welten vorspiegelte, die es woanders vielleicht gab, aber nicht hier, und doch hier, genau hier, in meinem Hirn, und zwar so innig, dass mein Körper mehr daran glaubte als mein Verstand. Der sich aber ohnehin nicht mehr zu Wort meldete. Der selbst staunte. Das Wissen, dass ich nur ein Jugendlicher auf einer abgewetzten Couch war, es war völlig belanglos, denn mein Körper reagierte auf die virtuellen Welten, als wären sie echt.

Ich liege am Strand einer kleinen griechischen Insel. Das Meer schwappt an Land, weiter hinten schwimmen ein paar Leute. Irgendwo kräht ein Hahn. Der Himmel über uns ist wahnsinnig blau. Ich liege im warmen Sand und schaue träge zur Seite. Dort liegt ein Mädchen, und in ihrem Nacken schimmert eine schmale Goldkette. Sie trägt keinen BH. Und jetzt dreht sie sich zu mir herum. Und lächelt. Es ist Mia. Sie hat ein glitzerndes Bauchnabelpiercing und streckt eine Hand nach mir aus, will mich streicheln …

»Da freut sich aber jemand sehr«, sagte Hannah und grinste mich an, als ich die Brille herunternahm.

Die Wölbung in meiner Hose war für alle unübersehbar. Das war die Schattenseite von *ilinx*: Die Sequenzen hörten immer dann auf, wenn es am besten war. Darauf mussten wir Ulf unbedingt ansprechen. Wir alle wollten, dass es weiterging. Ich wollte noch ein paar Stunden neben Mia liegen, jetzt, da ich sie endlich gefunden hatte.

Hannah erzählte, dass sie in einer Bodega in Buenos Aires einen langsamen Tango getanzt hatte. »Mit einem Typen, der, na ja, nicht gerade schlecht aussah«, sagte sie. Ihre Wangen waren ganz rot, und ihre Augen glänzten. Sie blickte verträumt ins Leere, während sie weitererzählte. »Er tanzt so gut. Ein unglaubliches Rhythmusgefühl. Ich fühle mich geborgen bei ihm, folge der Musik und den weichen und trotzdem muskulösen

Bewegungen seines Körpers. Er führt mich zwischen den Tanzenden hindurch. Und er riecht so gut.«

»Er riecht gut? Du kannst ihn riechen?«

»Es kommt mir jedenfalls so vor«, sagte sie und zuckte die Achseln.

Auch Lilly war überwältigt. Sie saß eine Viertelstunde lang mit offenem Mund auf der Couch. Damenhaft natürlich. Perfekte Haltung. Aber als sie sich die Brille abnahm, war sie still. Auf eine glückliche Weise.

»Es war so, so, so viel besser, als ich es mir vorgestellt habe.« Was sie gesehen hatte, wollte sie nicht sagen.

Der Samstag verging, ohne dass wir es merkten. War es sonnig draußen? Dämmerte es schon? Uns war es so was von egal. Wir saßen in unserer Höhle und sahen Bilder in unseren Köpfen, die eine andere Welt zum Leben erweckten. Wir dachten stundenlang nicht an Essen oder Trinken, sondern nur ans Spielen, an die Welten, in die wir eintauchen konnten. Dieser Hunger saß in unseren Köpfen, unseren Hirnen und verlangte nach mehr. Und es gab mehr. *Ilinx* lieferte. Teilte großzügig aus.

Vielleicht klingt das alles unglaubwürdig. Dick aufgetragen. Ich würde es auch nicht glauben, wenn mir jemand solche Geschichten auftischen würde. Vielleicht ist es sinnlos, diese Erfahrungen jemandem mitteilen zu wollen, der sich nur in der gewöhnlichen Realität auskennt. Es ist, als würde man einem Menschen, der seit der Geburt in einem Kerker sitzt, von der Außenwelt erzählen, von den Stränden von Mauritius, den Hügeln am Fuße des Himalaja, der Weite der mongolischen

Steppe, den Vulkanen auf Kamtschatka. Könnte er es sich vorstellen? Wollte er das überhaupt? Was würde er sagen? »Hör auf, mich zu verarschen«, würde er sagen.

Doch *ilinx* verarschte uns nicht. *Ilinx* übertraf unsere Erwartungen bei jedem Eintauchen von Neuem. Weil wir ja nur drei Brillen hatten, gab es immer wieder Leerzeiten, die wir überbrücken mussten. Die uns quälend lang vorkamen. Meistens saßen wir nur da und warteten, bis die anderen endlich fertig waren, damit wir wieder in die *ilinx*-Welten eintauchen konnten. Die kamen uns mittlerweile realer vor als das Kaminzimmer, das Sofa und das ganze muffige Haus.

Einmal war ich mit Nele und Hannah in der Küche. Nele hockte mit angezogenen Beinen auf einem Stuhl und balancierte eine Teetasse auf den Knien. Hannah kramte in den Lebensmitteln nach etwas, das sie noch nicht probiert hatte. Ich lehnte an der Anrichte und aß ein Schinkenbrot. Keiner sagte etwas. Gedanklich waren wir alle noch in den Welten, die wir bereist hatten. Nele meckerte nicht einmal, weil ich in ihrer Gegenwart Schinken aß. Plötzlich sagte sie: »Ich hab dich gesehen, Hannah.«

Hannah reagierte kaum. »Ja, klar. Ich war die ganze Zeit über hier.«

»Nein, im Spiel. Und es war tatsächlich irgendwie hier, aber früher. Im Kinderheim. Als Kind, meine ich.«

Hannah hörte regungslos zu. Schaute auf die Packung Wasabi-Nüsse in ihrer Hand, ohne sie zu sehen. Dann ging sie langsam zu einem Stuhl und setzte sich.

»Ich auch«, sagte sie leise. »Ich hab mich auch gesehen. Oben im Schlafsaal. Da, wo wir die Matratzen hergeholt haben. Und im Waschraum. Der muss dort sein, wo die Türen abgeschlossen sind ... In einer anderen Session war ich draußen auf der Schaukel. Ein Mädchen hat mich runtergeschubst, weil sie auch schaukeln wollte.«

»Das war ich. Du hattest schon so lange geschaukelt. Und wir andern haben ewig gewartet.«

»Das ist doch aber kein Grund zu schubsen! Ich hab mir die Knie aufgeschlagen, das hat verdammt wehgetan.«

Ich legte mein Brot hin. »Wartet mal, ihr seid euch im Spiel begegnet?«

Die beiden nickten. Es schien für sie völlig normal zu sein.

»Seid ihr sicher? Ihr wart Kinder. Wie habt ihr euch erkannt?«

»Ich hab Nele nicht erkannt«, sagte Hannah leise. »Aber es kam mir vor, als ob ich tatsächlich früher hier im Kinderheim war.« Sie saß zusammengesunken auf ihrem Stuhl und schaute mich mit ihren braunen Augen hilflos an. Sie tat mir leid.

»Vielleicht wurde ich wirklich adoptiert. Meine Mutter hat mal im Zorn so was gesagt. Sie wollte das wohl nicht, es war ihr so rausgerutscht. Als ich nachgefragt habe, hat sie sich rausgeredet. Ich hab ihr geglaubt. Ich wollte es glauben.«

Ich schaute sie an und wusste absolut nicht, was ich sagen sollte. Was sagt man in solchen Fällen?

»Ich wusste irgendwie genau, dass es Hannah war«, sagte Nele. »Und seltsamerweise trug sie damals auch so einen roten Schal.«

»Warst du denn auch mal im Kinderheim?«

»Glaub ich kaum. Ich hatte ein Kindermädchen. Und wenn meine Eltern mich adoptiert hätten, würden sie sich wohl ein bisschen mehr Gedanken um mich machen. Die haben mich einfach so bekommen. Wahrscheinlich war ich eine Art Missgeschick oder so.«

Auch Nele tat mir leid. Es klang nicht selbstmitleidig, was sie sagte, es klang total nüchtern. Ich dachte an meine lieben, verständnisvollen Eltern und bekam wieder ein schlechtes Gewissen. Sie hatten es nicht verdient, dass ich sie anlog. Klar waren sie manchmal überfordert, besonders meine Mutter, aber wer war das nicht?

»Aber wie konntet ihr euch im Spiel begegnen? Wie geht das? Und wie konntest du wissen, dass es Hannah war?«

Nele zuckte die Schultern. »Lasst uns einfach wieder reingehen. Die andern haben lange genug gedaddelt, jetzt sind wir mal wieder dran. Ich bin total gespannt, was als Nächstes kommt.«

War ich natürlich auch. Ich ging mit. Bevor ich die Küche verließ, drehte ich mich noch einmal nach Hannah um, die noch immer ganz still auf ihrem Stuhl saß. Ich meinte einen feuchten Schimmer in ihren Augen zu sehen.

»Kommst du mit?«, fragte ich vorsichtig. »Vielleicht kriegst du diesmal eine ganz andere Reise.«

»Ich will keine andere Reise, ich bin hier angekommen.«

»Aber das ist nicht unbedingt deine reale Vergangenheit, Hannah, das ist nur ein Spiel«, sagte ich.

»Geh nur, ich komm gleich nach.« An ihrer Stimme hörte ich, dass sie wirklich weinte. Und dass sie allein sein wollte.

16. KAPITEL

Irgendwann am Abend sagte Lilly: »Ich sterbe gleich vor Hunger.«

Lu, Alex und Nele waren mit den Brillen unterwegs, in ihren persönlichen Galaxien. Wir anderen lachten. Sie hatte so recht. Wir alle mussten dringend was essen. Seit acht Stunden saßen wir in diesem abgedunkelten Zimmer und rissen uns gegenseitig die Brillen aus den Händen. Lu und Lilly hatten in der ganzen Zeit wahrscheinlich gar nichts gegessen.

»Wir lassen uns Pizza kommen«, sagte Lu. »Ich hab eine Nummer.«

»Aber kein Handy«, sagte Alex. »Und hier gibt's keinen Pizzabringdienst oder einen anderen Lieferservice. Wir müssen uns selbst was kochen. Spaghetti. Viele Spaghetti. Vielleicht auch eine mexikanische Pfanne dazu, ich habe ein paar Hähnchenschenkel im Kühlschrank gesehen.«

Wir wollten nicht aufstehen, sondern schauten ständig, ob die anderen nicht fertig wurden. Dann konnten sie ja in die Küche gehen, während wir noch einmal in *ilinx* abtauchen würden.

»Los jetzt«, sagte Alex, stand aber nicht auf.

Ich war dran, also ging ich natürlich nicht, sondern setzte die Rift und die Kopfhörer auf. Und weil ich nicht mehr sah und hörte, war ich aus der Essens-Sache raus. Ich meldete mich an und war drin.

Im Kinderheim. Ich erkenne es sofort, auch wenn das Haus noch nicht so heruntergekommen ist und viel belebter wirkt. Die rostroten Fliesen im Eingangsbereich sind noch nicht gesprungen, und das PVC auf der Treppe glänzt wie frisch gebohnert. Ich gehe hinter einem anderen Jungen die Treppe hinauf, angetrieben von einer barschen Frauenstimme. Ich bin ein Kind, und ich weiß, ich muss gehorchen. »Los, waschen, aber ein bisschen plötzlich, gleich gibt's Essen.« Ich gehe in den Waschraum. In der Mitte des Raumes ziehen sich zwei lange Reihen Waschbecken hin. Ich sehe, wie meine dreckigen Hände den Wasserhahn aufdrehen. Wahrscheinlich sind wir draußen gewesen. Ich fühle das Wasser, schrubbe und rubbele mit der Bürste, bis meine Hände ganz rot sind und wehtun. Aber ich weiß, dass sie vor dem Essen kontrolliert werden. Wenn sie nicht sauber sind, kriege ich nichts. An den Wänden rechts und links sind Handtücher. Ich weiß genau, wo meins hängt, steuere darauf zu, rubbele wieder. Dann gehe ich runter in den Speiseraum. Es ist der Saal, in dem das Kaminzimmer und unser jetziges Esszimmer sind. Da stehen mehrere Tische. Es gibt noch keinen Kamin, sondern einen großen Kachelofen. Ich zeige meine Hände vor. Genehmigt. Ich darf mir Nudeln mit Wurstgulasch aus der Küche holen und mich an den Tisch setzen. Irgendwie kenne ich die Kinder alle, und ich weiß, an welchen Tisch ich mich setzen muss. Ich schmecke die Nudeln, die Tomatensoße, die Wurst, den Käse. Ein Mädchen sitzt mir gegenüber. Ich schaue hoch, weil sie mit ihrem Nudellöffel Flugzeug spielt, und erstarre. Es ist Hannah. Hannah mit den hellbrau-

nen Augen. Sie lächelt mich an, ihr Löffel fliegt weiter, bis sie ermahnt wird, damit aufzuhören. Sie trägt einen roten Schal.

Schwärze.

Vorbei.

Ganz langsam nahm ich die Kopfhörer und die Brille ab. Was hatte das zu bedeuten? Erst Nele, jetzt ich. Ob auch die anderen im Spiel schon hier waren? Was sollte das? Ich sah mich um und erkannte in dem Zimmer den früheren Speisesaal. Dort hatte ich gesessen. Ich musste mit Hannah reden.

»Wach auf, Jan«, sagte Alex und klopfte mir auf die Schulter. »Hilf mir bei den Nudeln. Oder schäl Kartoffeln.«

Ich nickte gehorsam, noch halb in meinen Erinnerungen an das Kinderheim gefangen. Hannah kam mit. Ich sagte ihr nichts von dem, was ich eben in meiner Sequenz gesehen hatte. Sie wirkte wieder fröhlich, und ich wollte sie nicht runterziehen mit einer fiesen Kindheitserinnerung.

Alex band sich die Schürze um und fing sofort an zu zaubern. Hannah und ich schnippelten Tomaten, Paprika, Zwiebeln und Knoblauch, schälten Kartoffeln. Aber wir hielten es nicht aus, bis das Essen fertig war. Alex und ich kauten gierig an einem Brot, Hannah löffelte einen Joghurt. Nach einer Viertelstunde kamen auch Lu, Nele und Lilly und deckten den Tisch. Draußen wurde es allmählich dunkel.

»Wir sollten vielleicht mal rausgehen«, sagte Hannah. »Morgen ist schon unser letzter Tag, dann werden wir abgeholt. Ist bestimmt schön da draußen. Natur. Bäume.«

»Auf keinen Fall«, sagte Lu. »Ich werde die Nacht durchspielen. Mir ist beim letzten Durchgang ein kleines Malheur passiert.« Er lachte nervös.

»Du hast doch schon die letzte Nacht nicht geschlafen«, sagte ich.

Er nickte, irgendwie stolz, aber auch schuldbewusst. Seine Augen waren winzig klein, und er blinzelte ständig.

»Ich schlafe morgen auf der Fahrt nach Berlin«, sagte er. »Aber ich kann sie jetzt nicht allein lassen.«

»Wen allein lassen? Deine Zombies? Du spinnst doch. Die werden schon nicht sterben, wenn du sie nicht weiter fütterst.«

Aber das konnte einen Gamer wie Lu nicht überzeugen.

»Das ist nicht das Problem«, sagte er leise, mehr zu sich, und legte Gabeln und Messer aus.

Alex rührte in der mexikanischen Pfanne und ließ Lilly probieren. Sie standen einträchtig nebeneinander vor dem Herd. Ich hatte sie am Nachmittag schon nebeneinander auf der Couch sitzen sehen. Aber dann war ich gleich wieder in mein virtuelles Bällchenbad abgetaucht und hatte nichts mehr mitgekriegt.

»Was ist mit deinen Untoten?« Hannah legte verständnisvoll einen Arm auf Lus Schulter und fragte mit gefakter Pädagoginnenstimme: »Möchtest du darüber sprechen? Vielleicht fühlst du dich besser, wenn du dein Problem mit allen teilst.«

Er schaute starr auf den Tisch und rückte Teller, Gabeln und Messer millimetergenau zurecht.

»Sie sind nicht mehr im Gefängnis«, sagte er zerknirscht. Dann räusperte er sich und zog seine Schulter unter Hannahs Hand weg. »Das hat natürlich nichts zu bedeuten. Ist ja nur ein

Spiel. Aber ich kann dieses Kellerlabyrinth nicht mehr betreten. Sie kommen raus. Ich bin in die Wälder geflohen.«

»Toll«, sagte ich. »Aber war das nicht dein Job? Genau das? Sie mussten im Keller bleiben. Hinter Gittern. Und du solltest sie füttern.«

Lu strich über die Tischplatte, schaute niemanden von uns an. »Ich hab nicht aufgepasst. War abgelenkt. Hab eine Tür nicht zugemacht. Es sind zu viele. Aber ich krieg das wieder hin. Versprochen. Ich schaff das.«

»Was für Wälder eigentlich?«, wollte Hannah noch wissen.

Wir saßen am Tisch und ließen die riesige Schale mit den Spaghetti reihum gehen. Salat. Brot. Es gab Wasser zu trinken.

»Das mit dem Bier müssen wir echt noch machen«, sagte Alex. »Das kann nicht weit sein. Ich war eben in einer Achterbahn, und es war unfassbar. Aber nun stell dir mal vor, du hast mit ein paar Bier gut vorgeglüht und machst dann im Spiel eine Achterbahnfahrt.«

»Was für Wälder?«, beharrte Hannah. Sie saß Lu gegenüber und wartete auf seine Antwort. Er machte sich über die Nudeln her, schaufelte eine Ladung in den Mund, die Tomatensoße lief ihm über das Kinn und tropfte auf seinen Pulli.

»Lass ihn doch in Ruhe mit den blöden Zombies«, sagte Lilly. »Ich habe so tolle Sachen erlebt, das kannst du dir nicht vorstellen. Ich war in einem Luxuskaufhaus und hatte freie Auswahl. Niemand an der Kasse. Keine Kaufhausdetektive. Ich war in der Uhrenabteilung, und die Vitrinen waren offen. Breitling. Rolex. Chopard. Bitte greifen Sie zu.«

Nele verdrehte die Augen und legte wieder die Füße auf den Nachbarstuhl, von dem Alex gerade aufgestanden war, um sich Nachschlag zu holen. »Ihr seid echt so oberflächlich. Unfassbar.«

Aber Hannah ließ sich nicht beirren. Sie rührte ihren Teller nicht an, sondern fixierte Lu, der wie verrückt Essen in sich hineinschlang.

»Du hast gesagt, du bist auf der Flucht vor ihnen. In den Wäldern. In was für Wäldern?«

»Es müssten Brandenburger Wälder sein«, sagte er. »Irgendwo ist ein Kernkraftwerk, eine Ruine, mehr oder weniger. Mach dir keine Sorgen, ich bieg das wieder hin. Muss nur erst was essen.«

»Na, du bist lustig. Du führst sie zu uns, Mensch!«, sagte Hannah. »Sie werden uns finden.«

»Genau«, sagte Alex und schubste Neles Füße von seinem Stuhl. »Wir werden alle sterben.«

Lu schüttelte entschieden den Kopf. »Never ever. Ich habe es im Griff. Du weißt nicht, mit wem du redest. Ich habe *The Walking Dead* durchgespielt. *Gone Days* auch. Ich habe *Resident Evil VII: Biohazard* überlebt. *Left 4 Dead. The Last Stand Union City. Amy.* Erzähl du mir nichts über Zombies. Meine Playsi schwitzt Zombieblut aus.«

»Hier ist auch irgendwo ein Kernkraftwerk in den Wäldern«, sagte Hannah. »Ich hab auf der Fahrt hierher ein Schild gesehen. Hinter Menz. Am Stechlinsee, glaube ich.«

»Ihr seid echt so blöd«, sagte Lu. »Das ist ein Game! Es gibt in Wirklichkeit keine Zombies. Ihr wollt mich nur ärgern. Alle wollen mich immer nur ärgern.«

»Hast du *Die Nacht der lebenden Toten* gesehen?«, fragte Nele. »Da sagt die Schwester das auch zu ihrem Bruder, als sie auf dem Friedhof stehen. Und dann kommt dieser Mann auf sie zu mit seinem schleppenden Gang, und sie stolpert und fällt über den Grabstein.« Nele grinste Lu breit an.

»Das ist aber ein Spielfilm! Und *ilinx* ist ein Spiel, ein Spiel, ein verdammtes Spiel. Lasst mich doch einfach in Ruhe!« Er warf die Gabel auf den Tisch, stieß seinen Stuhl so heftig zurück, dass er umkippte. Lu gab ihm noch einen Tritt. Wir folgten ihm mit unseren Blicken, als er zurück ins Kaminzimmer ging und sich auf die Couch fallen ließ. Seinen Namen ins System eintrug. Die Rift aufsetzte, dann den Kopfhörer.

Er tat mir fast leid. Ich fühlte mich einen Moment lang selbst wie ein Untoter in einer Horde von Zombies. Wir waren über ihn hergefallen, nur um unseren Spaß zu haben. Lu war der Schwächste von uns, einfach nur ein Gamer, und Gamer sind immer anfällig, weil sie ständig in verschiedenen Welten leben. Können sich nicht konzentrieren. Fühlen sich in der Realität unbehaglich. Kein Wunder, dass der Streifenpulli wieder in sein vertrautes Habitat zurückkehrte, ins Zombieland, in die Wälder, wo die unheimlichen Kreaturen auf ihn warteten.

»Aber es gibt hier wirklich ein altes Kernkraftwerk«, sagte Hannah. Sie klang ein bisschen ängstlich. »Und ich glaube, ich weiß das nicht nur von dem Schild. Ich kenne den Weg dahin.« Sie stand auf und rannte aus dem Raum, aufs Klo. Das war der einzige Rückzugsort, den wir hier hatten. Die einzige Tür, die man hinter sich zumachen konnte. Sonst war in jedem Raum immer irgendwer. Vielleicht hatte ich mich geirrt. Vielleicht war nicht Lu der Schwächste von uns. Hannah schienen ihre Erinnerungen sehr zu quälen. Klar hatte sie grade versucht, Lu vorzuführen. Zumindest dachte ich das, als sie ihn mit den Zombies und den Wäldern aufzog. Aber vielleicht wollte sie damit nur von sich ablenken.

Alex sagte: »Ich hab das Schild zum Kernkraftwerk auch gesehen. Und Ulf hat mir erzählt, dass es in der Kyritzer Heide eine riesige Zone gibt, die mit Bomben und Granaten verseucht ist. Die Russen haben da früher ihre Kampfflugzeuge ausprobiert. Bombenabwürfe trainiert. Aber das ist bestimmt dreißig Kilometer von hier. Ulf sagt, dass dort immer noch Unmengen von Munition herumliegen. Manchmal soll man nachts Detonationen hören. Da leben total viele Tiere, weil die Jäger sich dort nicht hintrauen. Rehe, Hirsche, Rotten von Wildschweinen. Sogar Elche soll es geben. Und Wölfe natürlich.«

Wir hatten keinen Hunger mehr und räumten alles zurück in die Küche. Keiner von uns hatte jetzt noch Lust, rauszugehen. Alex fragte auch nicht weiter nach Bier. Außerdem war es mittlerweile dunkel geworden. Die anderen gingen zurück ins Kaminzimmer. Ich wartete darauf, dass Hannah vom Klo zurückkam. Ich wollte mit ihr über das sprechen, was ich im Spiel gesehen hatte. Vielleicht konnten wir gemeinsam herausfinden, was hier los war. Aber sie kam nicht. Ich ging zum Mädchenklo, lauschte, nichts war zu hören. Drinnen war kein Licht. Ich ging leise die Treppe hoch. Plötzlich verwandelte sich das Bild, der Geruch. Die Neonröhren an der Decke flackerten auf, das Treppengeländer war frisch lackiert und hatte wieder alle Stäbe. Der gelbe PVC-Belag war sauber, glatt und glänzend. Ich stieg langsam nach oben und ging den Gang entlang in Richtung Schlafsaal. Als ich am Waschraum vorbeikam, war die Tür halb offen. Drin sah ich Hannah, aber nur von hinten, weil sie aus dem Fenster schaute. Obwohl man da nichts sehen konnte, draußen war es stockfinster. Ich ging auf sie zu. Versuchte ihr undeutliches Spielgelbild im Fenster genauer zu erkennen.

»Hannah.«

Sie reagierte nicht.

»Ich muss mit dir reden. Ich hab dich auch im Spiel gesehen.«

Mir war, als wollte sie sich gerade umdrehen, plötzlich wurde es dunkel. Das Licht ging aus, in meinen Ohren brauste es. Irgendwann war alles wieder ruhig. Hannah war nicht da. Nur völlige Tiefseefinsternis. Was war los mit mir? Mein Hirn schien mittlerweile schon selbstständig Sequenzen einzuspielen. Flashbacks? Halluzinationen? Ich tastete mich im Dunklen voran und wäre fast die Treppe hinuntergefallen. Ich merkte es im letzten Augenblick, dann tappte ich langsam hinunter und wäre fast mit Nele zusammengestoßen, die gerade aus dem Klo kam. Hier unten war es wenigstens nicht ganz so finster.

»Mann, hast du mich erschreckt! Wie siehst 'n du aus? Hast du ein Gespenst gesehen?«

Ich schüttelte nur den Kopf. Sie zuckte die Schultern und ging wieder ins Kaminzimmer zurück. Ich folgte ihr langsam.

17. KAPITEL

Damit begann der Samstagabend. Wir wollten aus *ilinx* herausholen, was wir konnten, bevor Ulf uns am nächsten Tag abholte und zurück nach Berlin brachte. Lus Plan, die Nacht einfach durchzuspielen und dann auf dem Rückweg zu schlafen, klang vernünftig. Wann hatte man schon die Gelegenheit, eine neue Technologie, ein neues Spiel so ausgiebig zu testen?

Ich war noch lange nicht fertig mit *ilinx*. Ich wollte mehr. Was ich gerade erlebt hatte, fand ich zwar beängstigend, aber ich wollte unbedingt wissen, was hier abging. War gespannt, ob ich Hannah noch einmal im Spiel sehen würde. Sie saß auf der Couch, als wäre nichts gewesen, und wartete, dass wieder eine Brille frei wurde. Hatte ich mir das alles bloß eingebildet? War ich gar nicht im Waschraum gewesen? Und Hannah auch nicht?

»Hat Ulf eigentlich gesagt, wann genau er kommt?«, fragte ich sie.

»Mittags, er kann es doch kaum erwarten, unsere Meinung zu hören«, sagte sie. »Wir müssen vorher noch die Küche aufräumen.«

Alex, der gerade aus einer virtuellen Welt zu uns zurückgekehrt war und Hannah die Brille reichte, nickte. »Fürs Frühstück reicht es noch, aber dann wird es knapp mit dem Essen.«

Egal. Der Abend war noch jung, und die Nacht danach unendlich lang. Ich nahm Nele die Brille aus der Hand. Sie nahm mich nicht wahr. Sah sich im Zimmer um, und dann schaute sie Hannah lange und nachdenklich an, aber die war schon ganz woanders und hinter ihrer schwarzen Brille sowieso nicht mehr zu sehen. Mir schwante etwas, aber ich fragte sie nicht. Ich wollte so schnell wie möglich ins *ilinx*-Universum. Also schrieb ich meinen Namen in den Score und hoffte, dass ich wieder in der New Yorker Subway landen würde. Ich liebte die Subway. Aber diesmal hatte *ilinx* etwas anderes mit mir vor.

Ich bin in Detroit. Streife mit Mia durch ein verlassenes Fabrikgebäude. Es gibt mehrere Etagen. Auf der Treppe sind Stufen herausgebrochen. Weiter oben gibt es nur noch eine Metallleiter. Hier führt eine Art Galerie aus Holz um den ganzen Raum herum. Das Holz ist morsch, aber es trägt noch, das Geländer ist größtenteils abgebrochen, nur hier und da stehen noch ein paar Reste. Die Türen, die nach rechts abgehen, sind alle verschlossen. Aber wir geben nicht auf, wollen eine Tür finden, die sich öffnen oder wenigstens leicht aufbrechen lässt. Der Blick nach unten in den Raum ist großartig. Man kann bis ins Erdgeschoss durchsehen, aber man sieht auch die Etagen dazwischen. Mia fotografiert wie eine Wilde. Sie schaut durch die Linse, aber nicht, wo sie hintritt. Als sie eine Reihe von durchgefaulten Brettern betritt, knirscht es, und ich weiß sofort, was passiert. Ich bin gerade bei ihr, als sie durchbricht, und kriege ihre Arme zu fassen. Die Kamera fällt und zersplittert im Erdgeschoss in tausend Teile. Ich versuche, Mia hochzuziehen. Ich setze mich auf den Boden, um die Fläche zu vergrößern, da-

mit ich nicht auch noch durchbreche. Und ziehe, lehne mich nach hinten und ziehe mit aller Kraft. Über dem Rand taucht ein rotblonder Schopf auf. Helle Augenbrauen, helle Wimpern, hellbraune Augen. Ein roter Schal. Ich bin so überrascht, dass ich für einen winzigen Moment nachlasse. Ich höre Hannah schreien, als sie fällt …

… und war zurück. Jemand nahm mir die Kopfhörer ab. Ich merkte, dass auch ich schrie, dass ich nach Hannah rief, und wahrscheinlich hatte ich nicht nur ein Mal gerufen. Ich atmete heftig, konnte mich nicht beruhigen. Nun nahm man mir auch die Brille ab. Alex stand vor mir und sah mich besorgt an. Alle starrten mich an. Aber keiner fragte, was passiert war.

Peinlich. Es war mir echt peinlich. Hannah saß mir gegenüber und schaute, als wüsste sie ganz genau, wo ich war und warum ich nach ihr gerufen hatte. Aber das konnte ja nicht sein. Ich war einfach total durcheinander. Ich brauchte eine Pause. Kein Gedanke mehr daran, die Nacht mit *ilinx* durchzumachen. Ich war müde, wollte schlafen, doch konnte nicht einschlafen. Stundenlang wälzte ich mich in meinem Schlafsack hin und her.

Nach und nach krochen auch die anderen in ihre Betten, alle außer Lu. Er hatte einen Job zu erledigen. Eine Mission. Klar. Allerdings hatte ich im Moment nicht den geringsten Anlass, mich über ihn lustig zu machen.

18. KAPITEL

Mitten in der Nacht wurde ich wach. Irgendetwas stimmte nicht. Ich setzte mich auf und horchte, doch alles, was ich hörte, waren die tiefen Atemzüge von Alex neben mir. Vielleicht hatte ich auch nur fies geträumt. Ich merkte, wie müde ich noch war, und legte mich wieder hin.

Dann hörte ich ein leises Klappern aus der Küche. Dort war jemand. Jetzt war ich mit einem Schlag richtig wach. Ich lag mit offenen Augen in meinem Schlafsack, meine Ohren aber wuchsen über den Rand meiner Matratze hinaus und versuchten, die Geräusche aus der Küche aufzufangen. Eine Ratte? Ein Waschbär? Ein Einbrecher? Mir schlugen die Zähne aufeinander, keine Ahnung, ob vor Kälte oder vor Angst. Aber ich konnte nicht mehr einschlafen, sondern musste nachsehen.

Ich schlich barfuß durch das Kaminzimmer hinüber zum Esszimmer. Unhörbar. Ein Schatten, mehr nicht. Meine Augen hatten sich rasch an die Dunkelheit gewöhnt. Die Geräusche aus der Küche waren jetzt deutlicher, ein ruhiges Schlürfen und Schmatzen. Ich ging in die Hocke und lugte durch die Tür.

Es war kein Einbrecher. Kein Waschbär. Es war Hannah, die seelenruhig am Tisch saß und Müsli aß. Sie wirkte völlig abwesend. Im Halbdunkel der Küche konnte ich ihr Gesicht kaum erkennen, aber als sie nach einer Weile aufstand und an mir vorbeiging, war ich mir sicher, dass sie es war.

»Hannah?«, flüsterte ich. Ich brachte den Namen kaum über die Lippen.

Sie reagierte nicht, ging einfach weiter, als hätte sie mich nicht gehört. Vielleicht war sie irgendwie sauer auf mich. Ich war mir keiner Schuld bewusst, aber Mädchen ... Wer wusste schon, was die dachten.

Sie schlurfte zum Schlafplatz der Mädchen zurück, und ich ging noch auf Toilette, ehe ich mich wieder hinlegte. Hannah saß aufrecht da und ignorierte mich, als ich ihr leise eine gute Nacht wünschte. Vielleicht schlafwandelte sie? Ich hatte noch nie eine Schlafwandlerin in Wirklichkeit gesehen, nur in Schwarz-Weiß-Filmen, die ich früher mal mit meinem Opa gesehen hatte. Da war die Frau in einem flatternden Nachthemd und mit vorgestreckten Armen über einen Dachfirst balanciert. Ich fand, sie sah aus wie ein Zombie, und musste meinem Opa den Unterschied zu Gespenstern und Geistern erklären. Er hatte gesagt, es gebe Schlafwandler wirklich, aber man dürfe sie auf keinen Fall aufwecken. Also ließ ich Hannah in Ruhe. Ich legte mich hin und glitt sofort ins Reich eines labyrinthischen Traums hinüber.

Schwarz-weiß, leicht körnig. Ich schaue hinaus auf den Waldrand, die Baumspitzen sind eigenartig nah und vertraut, es wird Abend.

Ich sitze auf dem First des Daches, vor mir rote Dachpfannen, teilweise mit Moos bewachsen, dahinter beginnt der undurchdringliche Wald. Unter mir im Haus rumort es, ich höre entfernte Kinderstimmen, Tellerklappern. Neben mir sitzt eine

Krähe, sie ist riesig, starrt mich an. Neben ihr vier andere Krähen, die unruhig von einem Bein auf das andere trippeln, die Köpfe rucken. Sie schauen hinüber zu mir, dann nach unten. Auch auf der anderen Seite hocken acht, neun Krähen. Mein eigener Kopf ruckt, wenn ich sie anschaue, und wenn ich nach unten blicke, sehe ich meine Krähenfüße, die sich am Dachfirst festkrallen.

Als die Kinderstimmen lauter werden, stoße ich mich ab und stürze in die kühle Abendluft hinein, sie fährt durch mein Gefieder. Ich breite weit meine Flügel aus, glücklich. In einem großen Bogen fliege ich zum Waldrand und zurück zum Haus, setze mich auf ein Fenstersims, lege den Kopf quer und schaue hinein.

Es ist der Speisesaal, ein langer Tisch voller Kinder, sie singen: »Sonne erhellt unsere Welt täglich mit goldenen Strahlen. Schnell bringen wir sie aufs Papier – Spaß macht es uns, sie zu malen. Immer lebe die Sonne, immer lebe der Himmel, immer lebe die Mutti und auch ich immerdar!«

Richtig glücklich klingt das nicht. Hinter den sitzenden Kindern stehen Erzieherinnen und dirigieren den Gesang mit übertriebenen Gesten. Auf dem Tisch warten Plastikteller und eine Schüssel mit Reis, Tomatensoße und Würstchen. Ich rücke etwas näher an die Fensterscheibe heran, eine zweite Krähe setzt sich neben mich, ich spüre ihren warmen Körper, sie ist unruhig, pickt mit ihrem Schnabel leicht gegen das Fenster. Die Erzieherinnen und Kinder drinnen hören es nicht, nur ein Mädchen hebt den Kopf, ein Mädchen mit einem roten Schal und verweinten Augen. Sie blickt auf das Fenster, als könnte sie uns sehen, nickt dabei und lächelt. Dann wird das Essen ausgegeben, wir flattern auf, setzen uns wieder auf den Dachfirst und blicken in den Abendhimmel. Die anderen Krähen fliegen weg, aber ich bleibe. Worauf warte ich?

Vielleicht auf das Mädchen, das spät aus dem Haus kommt und hinter der Teppichstange und dem Komposthaufen durch den Zaun schlüpft. Ich breite die Flügel aus und segele vom Dach hinunter, folge ihr in den Wald. Sie ist schnell und klein, doch ihr roter Schal ist gut zu sehen.

Wir verschliefen natürlich. Wir waren total erledigt von der Nacht. Als Alex und ich am Sonntagmorgen aus unseren Schlafsäcken rollten und die Vorhänge im Kaminzimmer aufzogen, stand die Sonne schon hoch über dem Haus, es musste längst Mittag sein. Wir weckten die anderen auf. Alle packten hastig ihre Sachen, richtig aufgeregt. An diesem Tag ging es zurück nach Berlin. Ich selbst lauschte schon, ob draußen nicht ein Auto zu hören war, Ulf mit seinem Van.

»Endlich wieder nach Hause«, sagte Lilly. »Mal wieder richtig duschen!«

Wir setzten uns an den Frühstückstisch und aßen, was noch übrig war. So viel es am Freitagabend schien, jetzt waren die Vorräte ziemlich aufgebraucht.

»Wo ist eigentlich Hannah?«, fragte Alex. »Ich habe sie nirgends gesehen. Oder wollt ihr etwa ohne sie fahren?«

»Ich hab sie heute Nacht in der Küche gesehen«, sagte ich.

Die anderen schauten mich zweifelnd an.

»Doch, wirklich!«, sagte ich, schon etwas kleinlauter. Hatte ich mir das eingebildet? So wie den Waschraum? »Sie hat hier am Tisch gesessen und Müsli gegessen.« Die Müslischale stand sogar noch da, ihr Löffel lag daneben.

»Ich hab sie auch gesehen«, sagte Nele leise. »Auf dem Klo. Ich hab sie angesprochen. Aber sie hat nicht reagiert. Ich glaub, sie hat mich überhaupt nicht gesehen. Sie ist einfach an mir vorbeispaziert. Sie sah so abwesend aus, dass ich mich nicht getraut hab, sie anzufassen. So hab ich mir immer Schlafwandler vorgestellt. Ich habe mich wieder hingelegt. Und als ich irgendwann später noch mal aufgewacht bin, saß sie neben mir im Bett. Ewig lange. Ohne irgendwas zu tun. Saß einfach nur da. Irgendwann bin ich dann wieder eingeschlafen.«

Lu zuckte die Achseln. »Und wennschon. Aber wo ist sie jetzt?«

Wir gingen durch das ganze Haus. Es wirkte jetzt schon verlassen. Roch wieder so muffig wie am Freitagnachmittag. Wir riefen nach Hannah, was natürlich blöd war. Die Mädchen schauten auf dem Klo nach. Ich lief mit Nele in den ersten Stock. Wir gingen den langen Flur entlang bis zum Vorratsraum mit den Matratzen und riefen nach ihr. Keine Antwort. Das Haus schwieg. Einer Eingebung folgend, ging ich zu der Tür, hinter der ich den Waschraum gesehen hatte. Nicht nur gesehen. Ich war drin gewesen, hatte mich gewaschen. Sie war verschlossen. Wir gingen wieder hinaus und suchten das Haus von außen ab. Wir riefen auch in den Wald hinein. Aus weiter Ferne antwortete uns ein Specht, der wie von Sinnen gegen einen Stamm hämmerte, als wollte er uns eine superwichtige Nachricht morsen. Ansonsten blieb es total still.

Hannah war weg.

»Ihre Sachen sind auch weg«, sagte Lilly.

»Das kann ja wohl nicht wahr sein«, sagte Lu. »Wenn Ulf jetzt kommt, müssen wir stundenlang nach ihr suchen.«

Aber Ulf kam nicht.

Und Hannah blieb verschwunden.

19. KAPITEL

Wir saßen ratlos auf den Stufen vor der Haustür und starrten auf den Hohlweg, auf dem wir vor zwei Tagen hergekommen waren. Es schien mir endlos lange her zu sein. Damals hatte ich die ersten Worte mit Hannah vor dem Haus gewechselt. Von meiner Tante erzählt, die sich umgebracht hatte. Plötzlich hatte ich wirklich Angst um Hannah.

Die Krähen waren wiedergekommen und strichen mit flatternden Flügeln über uns hinweg, ehe sie sich auf den First des Hauses setzten.

»Vielleicht ist sie nur spazieren gegangen«, sagte Lu.

»Wieso sollte sie das tun? Und wenn, hätte sie uns doch Bescheid gesagt!« Ich konnte es nicht begreifen. »Sie weiß doch, dass wir dann nach ihr suchen.«

Lilly sah dauernd auf ihre Armbanduhr und begann vor Unruhe an ihren Fingernägeln zu knabbern. »Was sollen wir denn jetzt tun?«

»In die Wälder gehen«, sagte Lu. »Ich habe sie alle erledigt.«

»Hör doch mal eine Sekunde lang mit deinen bescheuerten Zombies auf«, unterbrach ihn Alex.

»Wir müssen losgehen«, sagte Lu. »Den Weg runter. Ulf kommt uns bestimmt entgegen.«

»Vielleicht kommt er überhaupt nicht. Hat uns vergessen. Meine Eltern haben mich auch mal vergessen, als ich eine Operation hinter mir hatte«, sagte Nele. »Sie kamen erst spätabends ins Krankenhaus. Da war ich schon dermaßen beleidigt, dass ich tagelang nicht mehr mit ihnen reden wollte.«

»Wir können hier nicht weg ohne Hannah«, sagte ich.

Nele nickte. »Vielleicht kommt sie gleich zurück. Vielleicht war sie einfach nur durcheinander und ist in den Wald gelaufen. Und wenn sie zurückkommt und niemand mehr da ist, dann dreht sie richtig durch.«

Lu nickte. »Sie hatte keine gute Nacht.«

Nele und ich hatten eine vage Ahnung, was er meinte, aber wir trauten uns nicht, näher nachzufragen.

»Wir können hier aber auch nicht ewig warten«, sagte Nele. »Lasst uns ins Dorf gehen, vielleicht hat Ulf da Bescheid gesagt, dass er später kommt. Zwei von uns bleiben hier, falls Hannah wieder auftaucht. Oder falls Ulf endlich aufkreuzt. Der hat doch auch unsere Handys.«

»Du weißt, dass Handys dir hier nicht weiterhelfen. Das Thema hatten wir schon mal«, sagte Alex genervt. »In den Brandenburger Wäldern hast du kein Netz.«

Er blieb mit Lilly zurück. Nele, Lu und ich gingen in den Hohlweg hinein. Die Bäume waren so hoch, dass sie sich über uns fast zu berühren schienen. Wir gingen schnell und redeten kaum. Wir hielten nach Hannah Ausschau, wir riefen nach ihr, auch wenn es aussichtslos schien.

Der Weg kam mir fremd vor. Nach jeder Kurve ging er weiter durch den Wald und bog dann nochmals ab. Ich hatte das vom Hinweg nicht so in Erinnerung.

»Sind wir hier hergekommen?«, fragte ich.

»Ich glaube schon«, sagte Lu. Er klang unsicher.

Endlich kamen wir aus dem Wald heraus. Die Straße war nun auch befestigt, sie musste irgendwo hinführen. In einer Senke sahen wir fünf Häuser stehen. Hörten Hundegebell. Wir gingen langsamer.

Vor uns führte eine schmale Straße ins Dorf. Kaum zwanzig Häuser standen längs des Wegs, manche von ihnen verfallen, andere wurden nach und nach instand gesetzt und in Eigenbau erweitert. Auf Brachen lagen Autowracks, ein kleiner Reichsbahnwaggon, ein verlassener Wohnwagen.

Hier gab es keine Kirche. Keine Kneipe. Keinen Laden.

Neben dem Haus stand eine rostige Kinderschaukel.

Die Hunde rannten hinter den stabilen Drahtzäunen der Grundstücke hin und her und regten sich unglaublich auf, dass Fremde auf ihr Revier zusteuerten. Eindringlinge. Vor dem Haus stand ein ramponiertes Auto, das linke Hinterrad fehlte. Die Frontscheibe war zersplittert.

»Weit kommt man damit auch nicht«, sagte ich.

»Wohnen hier überhaupt welche?«, fragte Lu. Er flüsterte.

»Wenn die Hunde mal aufhören würden zu bellen, könnten wir vielleicht mal klingeln.«

Aber sie dachten gar nicht daran. Als wir vor der Eingangspforte standen, sprang der Hund von der anderen Seite mit aller Kraft gegen die Tür. Er stemmte sich mit den Vorderpfoten auf die Tür, sodass seine Schnauze über den Rand ragte. Seine Hinterläufe tänzelten nervös. Meine Knie zitterten leicht, weil ich mir sicher war, dass er es schaffen würde, über den Zaun zu springen, um uns gleich auf der Straße anzufallen. So ging man wohl hier in Brandenburg mit unerwünschten Besuchern um.

Der Nachbarhund steigerte sich ebenfalls in einen hysterischen Anfall des heiseren Bellens hinein.

Wir klingelten nicht. Wir standen zu viert auf der Straße und berieten, was wir tun könnten. Hinter einem Fenster wurde eine Gardine beiseitegeschoben, ein Gesicht lugte hervor. Dahinter dämmerte der bläuliche Schimmer eines Fernsehers. Ein ganz normaler Sonntagnachmittag in der Einöde. Wahrscheinlich hatten sie hier noch nicht mal Internet.

Ich winkte. Wollte einfach nur zeigen, dass wir in friedlicher Absicht kamen. Unbewaffnet waren. Der Hund missverstand mich völlig, er hörte auf zu bellen, legte die Ohren an und zeigte sein gelbliches Gebiss. Aus den Tiefen seiner Kehle kam ein bedrohliches Knurren. Seine Augen waren zu Schlitzen verengt. Jetzt war er ernsthaft böse.

»Lass uns mal lieber weitergehen«, sagte Lu. »Wenn sein Herrchen auch so drauf ist, kommen wir hier nicht lebend raus.«

»Genau«, sagte Nele. »Wir werden alle sterben.«

»Sehr witzig«, sagte ich.

Aber da war es auch schon zu spät. Die Haustür öffnete sich, und ein kleiner Mann schaute heraus. Rundes, fleischiges Gesicht. Stoppelhaare. Er hob die Hand zum Gruß. Zwischen den Fingern steckte eine Zigarette. Der Hund ließ vom Zaun ab, eilte zu seinem Herrn und schmiegte sich an seine Beine.

»Was wollt ihr?«

»Nach Hause«, sagte ich. »Wir sollten eigentlich abgeholt werden. Aber irgendwas ist schiefgegangen, und wir haben kein Handy.«

»Wo kommt ihr denn her? Wart ihr in den Wäldern?« Er sagte das in einem Tonfall, als sei es unvorstellbar, dass jemand in dieser Zeit im Wald unterwegs ist.

»Wir waren oben im Kinderheim.«

»Das steht doch leer«, sagte er.

Wir nickten. Was sollten wir darauf antworten? Irgendwie war das Gespräch schon in eine Sackgasse geraten, bevor es überhaupt begonnen hatte.

»Ist jemand vorbeigekommen? Ein Mädchen? Hat jemand wegen uns angerufen?«, fragte Lu.

Der Mann in der Tür schüttelte den Kopf. »Nicht dass ich wüsste. Hier kommt niemand her. Außerdem ist es verboten, da oben ins Haus einzusteigen. Das ist kein guter Ort, da hat es üble Geschichten gegeben.«

»Ja, genau«, sagte Nele. »Aber wir wissen nicht, wohin wir jetzt gehen können.«

Der Mann wurde ungeduldig. Er saugte an seiner Zigarette und schnippte sie dann über den Gartenzaun. Ziemlich nah an uns vorbei. »Wenn ihr telefonieren wollt, könnt ihr das hier machen. Aber mit dem Waisenheim will ich nichts zu tun haben. Da sind früher viele weggerannt, die haben sie alle wieder gekriegt. Wir haben hier manchmal die Schreie gehört. Das war nicht so schön.«

Mir lief ein kalter Schauer über den Rücken, als steckte ich in einer falschen Zeit fest. Wir sahen uns ratlos an. Mit wem sollten wir telefonieren? Wenn wir unsere Eltern anriefen, wäre nur eine lange Kette von Erklärungen fällig gewesen. Darauf hatte keiner von uns große Lust. Es fühlte sich falsch an. Jeder Schritt fühlte sich falsch an. Vom Haus weggehen. Zum Haus zurückgehen. Aber welche Wahl hatten wir denn? Wir mussten auf Ulf warten. Vor allem Hannah finden. Aber wie?

Als der Mann sich wieder zur Tür wandte, fragte Lu: »Die Landstraße nach Berlin, wo finden wir die?«

Er wies mit der Hand schräg ins Ungefähre. »Den Weg da runter, hinter Menz, dann Richtung Gransee. Könnt ihr gar nicht verfehlen. Wird zu Fuß allerdings beschwerlich. Es gibt auch einen Weg durch den Wald, aber den würde ich euch nicht empfehlen. Der führt am Kernkraftwerk vorbei.«

»Gibt es hier irgendwo eine Kneipe?«, fragte ich. »Oder einen Supermarkt? Einen Späti?«

Der Mann lachte, doch sein Lachen bewirkte, dass der Schäferhund die Ohren anlegte und in unsere Richtung zu knurren begann.

»Zwanzig Kilometer die Straße runter«, sagte er schließlich. »Ihr solltet euch beeilen, es wird unterwegs sicher dunkel. Außerdem haben die heute eh zu. Ihr habt euch irgendwie den falschen Tag für euern Ausflug ausgesucht. Aber bleibt vor allem von dem Waisenheim weg.«

Er hob wieder die Hand, diesmal zum Abschied, schaute uns kaum mehr an, als hätte er uns bereits aufgegeben.

Wir gingen die Straße weiter runter, die Hunde der Nachbarhäuser begleiteten uns mit ihrem heiseren Gebell, bis wir das Dorf hinter uns gelassen hatten. Auf dem Ortsausgangsschild stand: Neuglobsow.

»Wir sollten zum Haus zurückgehen«, sagte Nele. »Die anderen warten. Wenn wir bis zum nächsten Ort gehen, dauert es Stunden, bis wir zurückkommen, dann ist es stockdunkel.«

»Vielleicht ist dieser Ulf-Arsch ja mittlerweile auch endlich gekommen«, sagte Lu.

»Dann wäre er an uns vorbeigefahren«, sagte ich. »Hast du hier überhaupt schon mal ein Auto gesehen?«

Erst jetzt war mir aufgefallen, dass wir bisher nicht ein einziges Auto gehört hatten. Die nächste Landstraße musste weit weg sein.

Also kehrten wir um. Die Hunde von Neuglobsow konnten es nicht fassen, dass wir schon wieder die Dorfstraße herunterkamen. Den Bewohnern schien es egal zu sein. Auch als wir am Haus des Mannes von vorhin vorbeikamen, rührte sich dort nichts. Hinter den Gardinen war weiterhin der bläuliche Schimmer eines Fernsehers zu sehen. Am Ortseingang hörte die asphaltierte Straße auf, unter unseren Schuhen knirschte Kies. Das Hundegebell verlor sich.

Die Stille des Waldes war bedrückend. Wir redeten nicht mehr, was sollten wir auch sagen, wir waren gescheitert. Wir kamen mit leeren Händen zurück.

20. KAPITEL

Alex und Lilly warteten auf den Treppenstufen auf uns. Lilly betrachtete ihre Fingernägel, knabberte daran und seufzte. »Ich habe vor sechs Monaten aufgehört, an den Nägeln zu kauen, und jetzt muss ich wieder anfangen. Weil wir hier nicht wegkommen, wirklich toll.«

Dann nahm sie eine Strähne von ihrem blondierten Haar und kaute darauf herum.

»Mach das nicht, das ist eklig«, sagte Nele. »Außerdem sammeln sich die Haare in deinem Magen, weil sie nicht verdaut werden können. Die trägst du dein Leben lang herum. Manche Mädchen, die ihre Haare gegessen haben, hatten einen riesigen Haarballen im Magen.«

Lilly spuckte ihre Haarsträhne aus und atmete genervt aus. »Was mache ich hier eigentlich? Ich hab morgen Schule. Ich muss mich auf ein Referat vorbereiten. Stattdessen sitze ich mit euch Losern in einem muffigen, widerlichen, versifften Haus in the middle of Brandenburg.«

Wir sagten nichts dazu. Aber ich konnte spüren, dass das Haus diese Worte gehört hatte. Gehört? Mir kam es längst so vor, als hätte das Haus hunderttausend winzige Ohren. Vielleicht auch hunderttausend winzige Augen, mit denen es uns beäugte, kalt und berechnend. Auf jeden Fall konnte man davon ausgehen, dass es eine solche Beleidigung nicht auf sich sitzen lassen würde. Die Wände schienen sich ein wenig zusammenzuziehen, als wollte das Haus sich räuspern, um uns mal die Meinung zu sagen. Mich fröstelte.

»Sag so was nicht«, flüsterte Nele. »Könnte jemand hören, dem das nicht gefällt.«

»Mir scheißegal«, erwiderte Lilly. »Ich bin nicht auf die Welt gekommen, um an einem schäbigen Sonntagabend in einem verpickelten Brandenburger Waisenkinderquälheim zu verhungern.«

»Schadet dir doch nicht, wenn du noch ein oder zwei Kilo runterkriegst«, sagte Lu.

Lilly schaute ihn nicht mal an.

»Was sollen wir denn jetzt machen?«, fragte Nele. »Wohin sollen wir gehen? Es ist bald sechs, ich glaube nicht, dass Ulf noch kommt. Vielleicht haben wir ihn falsch verstanden, und er meinte Montagmittag?«

»Vor allem fehlt Hannah«, sagte ich.

»Hannah hat bestimmt den Hohlweg genommen, um auf die nächste Straße zu kommen«, sagte Alex. »Wahrscheinlich will sie nach Berlin trampen und denkt, sie hat mehr Chancen, wenn sie das allein durchzieht. Oder sie will sich zu einem Bahnhof durchschlagen, wo noch ein Zug fährt.«

»Hier fahren keine Züge mehr«, sagte Lu.

»Na und? Was würdest du denn an ihrer Stelle machen? Einfach in den Wald spazieren wie Rotkäppchen?«

Alex hörte sich aggressiver an als sonst, aber wir konnten ihn verstehen.

»Was machen wir denn jetzt?«, fragte Nele. Ihre Fragerei konnte einem auch auf die Nerven gehen.

»Ganz einfach«, sagte Alex. »Wir laufen diesen Weg runter bis zu dem Dorf, wo zumindest der eine Mann wohnt, von dem ihr erzählt habt, und der soll uns helfen.«

»Ich würde eher durch den Wald gehen«, sagte ich. Was mich so sicher machte, konnte ich nicht sagen. Vielleicht mein Traum, in dem ich eine Krähe gewesen war. Ich wusste sogar den Zugang, halb links hinter dem Haus, dort stand eine alte, rostige Teppichstange. Dahinter führte ein kleiner Pfad in den Wald. Ich hatte ihn bei der ersten Suchaktion entdeckt und glaubte, auf der nassen Erde auch einen Abdruck von Hannahs Schuhen erkennen zu können. Aber das behielt ich für mich. Außerdem war ich nicht sicher, ob der Mann mit dem Hund uns wirklich helfen würde. Alex hatte ihn ja nicht erlebt.

»Ich komme mit in den Wald«, sagte Nele.

Alex tippte sich an die Stirn. »Einfach in die Wildnis latschen, das ist so richtig großstadtbescheuert. Willst du vielleicht noch deinen Rollkoffer mitnehmen?«

Lu stellte sich zu Nele und mir.

»Wir können uns ja trennen«, sagte ich zu Alex und Lilly. »Ihr geht den Hohlweg zum Dorf und weiter zur Landstraße. Wenn ihr den Mann trefft, könnt ihr zu Hause anrufen, dass sie uns abholen sollen. Wir gehen hier entlang und gucken, ob wir Hannah finden.«

Lu stimmte mir zu. »Wir müssen uns echt aufteilen, wenn wir sie finden wollen. Ich würde geradeaus in den Wald gehen.«

Alex konnte es nicht fassen. »So blöd könnt ihr doch nicht sein. Das ist der klassische Fehler in jedem Horrorfilm. Sie trennen sich, um jemanden zu suchen. Dann nimmt der Serienkiller sie sich alle einzeln vor. Guckt ihr nie Fernsehen?«

»Das ist doch hier kein Horrorfilm«, sagte ich, aber ganz sicher war ich mir nicht mehr.

Alex sagte nur: »Kommt mir so vor.«

»Du hast Schiss«, sagte Lu. »Kann ich verstehen. Geht mir auch so. Aber in kleinen Teams sind wir wendiger. Können auf neue Herausforderungen kreative Lösungen finden.« Er sprach offensichtlich aus langer Erfahrung in virtuellen Kampftrupps.

Alex winkte ab. »Macht, was ihr wollt. Ich gehe zum Dorf. Nahrung. Zivilisation. Telekommunikation. Benzinbetriebene Vehikel. Das ist meine Welt.«

Wir achteten schon kaum mehr auf ihn, weil wir endlich loswollten. Bevor uns der Mut wieder verließ.

»Aber wie verabreden wir uns? Wie sagt ihr Bescheid, wenn ihr sie wirklich findet? Kommt ihr dann zum Haus zurück?«, fragte Lilly.

»Wenn wir sie vor Sonnenuntergang finden, kommen wir zum Haus zurück«, entschied ich.

»Auf keinen Fall«, sagte Nele. »Ich will dieses Haus nie wiedersehen.«

»Ihr könnt ja rufen oder jodeln«, schlug Lilly vor und kicherte leicht hysterisch.

Lu drängte: »Wir sollten jetzt echt mal gehen. Jede Minute, die wir hier weiterlabern, hat sie uns voraus.«

Wir nickten. Fanden wir ja auch. Aber wir zögerten. Es war ein komischer Moment. Wir wussten, dass dieses Wochenende mit *ilinx* vorbei war. Wir würden uns vielleicht nicht wiedersehen. Wir kannten uns kaum, und trotzdem fingen wir plötzlich an, einander zu umarmen. Wir Jungs schlugen uns dabei kräftig auf den Rücken, damit es männlich wirkte.

»Hau rein, Alter.«

»Passt auf euch auf.«

»Und keine Dummheiten.«

Was man halt so sagt. Dann gingen die beiden Grüppchen auseinander. Lu drehte sich ein letztes Mal um und rief: »Wir werden alle sterben!«

Als ich mich noch einmal umwandte, sah ich wieder die Krähen auf dem Dachfirst sitzen, zwölf oder dreizehn Vögel. Sie traten von einem Fuß auf den anderen, als warteten sie ungeduldig darauf, dass wir Eindringlinge endlich verschwanden. Das war ihr Haus.

21. KAPITEL

Unser Pfad führte zwischen Teppichstange und Komposthaufen in den Wald hinein, wo er schmaler wurde, sodass wir hintereinandergehen mussten. Ich war vorne, dahinter Nele, dann kam Lu. Es begann zu nieseln. Man merkte die Regentropfen kaum, hörte nur das Geräusch, das sie machten, wenn sie unwirklich leise auf das Laub am Waldboden fielen. Die Luft war kühl und feucht.

Nach dem Wochenende mit dem Spiel kam uns das alles wie eine Computergrafik vor. Ich ertappte mich dabei, wie ich dachte: Mann, das wirkt doch alles total echt! In *ilinx* hatte ich das allerdings nie gedacht. Da war ich so geflasht, dass ich überhaupt keine Zeit dazu hatte. *Ilinx* war tatsächlich echter als die Wirklichkeit. Oder waren wir vielleicht immer noch im Spiel?

Ich beschloss, meine Gedanken lieber Hannah zuzuwenden, und überlegte, wie viel Vorsprung sie wohl hatte. Wohin sie gegangen war und warum sie überhaupt gegangen war. Was hatte sie vor? Vielleicht war sie einfach schlafwandelnd in den Wald gelaufen und hatte sich verirrt. Ich kam zu dem Schluss, dass sie sicher Hilfe brauchte und dass wir sie so schnell wie möglich finden mussten. Unbedingt.

»Nicht so schnell!«, keuchte Lu.

Nele drehte sich zu ihm um, wurde aber nicht langsamer, als sie genervt sagte: »Wenn wir noch langsamer gehen, erwischen wir sie nie. So läuft sie uns einfach davon.« Dann fügte sie nachdenklich hinzu: »Ob man auch am Tag schlafwandeln kann?«

Darüber hatte ich auch schon nachgedacht. Ob sie vielleicht stur immer geradeaus ging, ohne nach links und rechts zu sehen? Aber ich sagte nichts, sondern horchte in den Wald hinein. Nichts war zu hören als der raschelnde Nieselregen. Und unsere Schritte. Wir traten gefühlt auf jeden Zweig, der auf dem Trampelpfad lag.

»Ich würde sagen, dass dieser Wald genau der aus *ilinx* ist«, sagte Lu halblaut, mehr zu sich selbst.

»Du spinnst«, sagte Nele. »Wald sieht überall gleich aus. Bäume. Laub auf dem Boden. Nacktschnecken und Nieselregen. Jeder Wald in Mitteleuropa sieht so aus.«

»Wie kommst du darauf, dass es im Spiel genau dieser Wald war?«, fragte ich ihn.

»Ein Gamer hat das im Gefühl«, sagte er.

Ich bereute nun fast, dass ich mit den beiden losgezogen war. Wir gingen schweigend weiter.

»Jedenfalls müsste jetzt irgendwann mal ein See kommen«, sagte Lu.

Reine Rechthaberei. Jeder von uns wusste, dass es in dieser Gegend vor Seen nur so wimmelte.

Nach zehn Minuten lichtete sich der Wald tatsächlich, und wir kamen an einen See. Unser Trampelpfad endete auf einem Weg, der daran entlangführte, wir konnten nach links gehen oder nach rechts. Wie hatte sich Hannah entschieden? Wenn sie hier überhaupt langgekommen war? Wir wussten es nicht. Der See war klein. In der Mitte ragte ein halber Baumstumpf aus dem Wasser. Darauf saß ein riesiger, struppiger Vogel und starrte uns unverwandt an. Sein Gefieder glänzte im Regen, und mir war, als hätte ich ihn schon einmal genau so sitzen sehen. Aber so furchterregend er auch aussah, es fühlte sich nicht bedrohlich an, ihn zu sehen. Eher vertraut. Dann stieß er sich ab, breitete seine riesigen Flügel aus und flog dicht über der Oberfläche des Sees dahin, die von den Regentropfen fortwährend gekräuselt wurde.

Wir nahmen es als Zeichen, sonst hatten wir ja keinen Anhaltspunkt, und schlugen seine Richtung ein. Gingen also nach links. Nun konnten wir nebeneinandergehen. Lu hatte sich einen armdicken Ast geschnappt und schlug damit im Gehen an die Baumstämme. Es gab jedes Mal ein knackendes, totes Geräusch. Er schien nach etwas Ausschau zu halten, und ich ahnte auch, wonach.

»Sollen wir Hannah mal rufen?«, fragte Nele. »Vielleicht hört sie uns ja. Vielleicht antwortet sie.«

Sie blieb stehen, formte mit den Händen einen Trichter vor dem Mund und rief Hannahs Namen über den See hinweg. Ein zweites Mal. Ein drittes Mal. Die Rufe wurden weit über das Wasser getragen und verschwanden im Dickicht der Baumreihen gegenüber. Niemand antwortete.

»Du solltest hier lieber nicht so rumschreien«, sagte Lu. »Du machst sie damit bloß auf uns aufmerksam.«

»Wen meinst du?«, fragte Nele.

Er antwortete nicht, schlug nur weiter auf die Baumstämme ein, als trainierte er für den Ernstfall.

Sie ließ nicht locker. »Redest du von deinen Zombies, oder was?«

Er hieb gegen den nächsten Baum. Wollte es nicht zugeben. Aber dann nickte er.

Nele baute sich vor ihm auf. »Ich hab eine gute Nachricht für dich. In meinen Sequenzen war nichts von Zombies zu sehen. Ich habe also nichts mit ihnen zu tun. Und das führt direkt zur schlechten Nachricht: Du Armer musst ganz allein mit ihnen fertigwerden.«

Unser Weg wurde schmaler. Umgestürzte Bäume lagen vor uns, wir mussten über die gesplitterten Stämme klettern. Sumpfige Pfützen dehnten sich vor uns aus, wir umgingen sie vorsichtig. Unsere Schuhe sackten trotzdem in den matschigen Boden ein. Von einem Weg konnte längst nicht mehr die Rede sein. Ich fragte mich, ob hier überhaupt schon jemals ein Mensch gewesen war. Wir kamen an einer Stelle vorbei, wo der Waldboden wie von einem heftigen Kampf aufgewühlt war. Man sah noch die Hufabdrücke der Tiere, die das getan hatten.

»Wildschweine«, flüsterte Nele. »Die können saugefährlich sein, wenn sie Junge haben.«

Sie hielt sich nah bei mir. Auch Lu blieb jetzt lieber in unserer Nähe, statt weiter auf die Bäume einzudreschen. Er nutzte seinen Ast als Wanderstock. Wir entfernten uns vom See.

»Wenn du den Wald hier wiedererkennst«, sagte ich zu ihm, »was kommt dann als Nächstes?«

»Das Kernkraftwerk«, sagte er sofort. »Aber da sollten wir nicht hingehen.«

»Woher willst du das wissen?«, fragte Nele. »Bist du hier schon mal gewesen? Ich meine, in Wirklichkeit?« Sie schaute Lu angriffslustig an, als hätte sie endlich seine Schwachstelle entdeckt.

»Im Spiel bin ich hier schon hundert Mal vorbeigekommen«, sagte er seelenruhig. »Ich hab zwei Nächte durchgespielt, falls ihr euch erinnert. Ich kenne hier jeden Baum, jede Kuhle, jedes Versteck. Ich kann dir sagen, dass gleich die Gleise der stillgelegten Bahnstrecke kommen. Wenn du denen nach rechts folgst, kommst du zum Bahnhof Kernkraftwerk Rheinsberg.«

»Hört sich gut an«, sagte ich.

»Aber das Kernkraftwerk ist unterkellert«, sagte er. »Das war ja das Problem. In den Kellern wurden auch Zombies gehalten. Hier konntest du sie bloß nicht füttern, es gab ja nichts. Das hat sie unruhig gemacht. Anfangs nur ärgerlich. Später richtig wütend. Sie hatten Hunger. Sie wollten raus. Die Gitter und Schlösser taugten nichts. DDR-Produktion. Volkseigener Pfusch. Deshalb konnten sie ausbrechen. Ich hatte von Anfang an keine Chance. Ich wollte sie ja umbrazzen, weggunnen, niedermachen, ehe sie durch den Wald kamen, aber ich hatte keine geeigneten Waffen. Da hast du echt keine Chance.«

Ich lief schneller, mir ging dieses Gamergequatsche wahnsinnig auf die Nerven. Unterkellert. Zombies, die in Verliesen gehalten wurden und ausbrachen, klar. Er konnte die Welten offensichtlich nicht auseinanderhalten. So super die Grafik von *ilinx* auch war, du wusstest, dass es eine künstliche Welt war, wenn du wieder draußen warst. Wenn du drin warst, war die Unterscheidung schwierig. Dein Kopf sagte: Alles nur ein Spiel. Dein Körper sagte: Du bist in Todesgefahr, renn um dein Leben. Aber dann dachte ich an meine Kinderheim-Halluzination und wurde nachsichtiger. Vielleicht waren wir alle irgendwie gehirngewaschen von diesem Spiel. Vielleicht konnte das Gehirn den Widerspruch nicht verarbeiten. Vielleicht bekamen wir deshalb so viel Geld dafür: weil es gefährlich war und die Entwickler schon ahnten, dass es sich auf die Wahrnehmung auswirkte, wenn man tagelang *ilinx* spielte. Wir sollten testen, ob man das überhaupt aushielt.

Wir gingen weiter und kamen an die Bahnstrecke. Sie war tatsächlich stillgelegt, zwischen den Bohlen und Schottersteinen wuchs Unkraut. Kleine Sträucher kamen neben den Schienen hoch. Hier war seit ewigen Zeiten kein Zug mehr gefahren. Die Strecke führte schnurgerade nach Süden und verlor sich im Wald. In nördlicher Richtung waren in einiger Entfernung zwei Gebäude zu erahnen.

»Betriebsbahnhof Kernkraftwerk«, sagte Lu. »Es war nur ein Spiel. Nur ein Spiel. Sie sind da nicht wirklich.« Er redete mit sich selbst, wie um sich zu beruhigen.

»Wohin kommt man, wenn man nach Süden geht?«, fragte ich ihn.

»Irgendwann nach Gransee, aber das ist weit.«

»Lasst uns zum Kernkraftwerk gehen«, sagte Nele. »Irgendwie glaube ich, dass Hannah dort ist.«

»Wir gehen nach Süden«, sagte ich. »Nach Gransee. Wir gehen zur Polizei und geben eine Vermisstenanzeige auf. Dann fahren wir nach Berlin, und alles wird gut.«

»Hannah ist nach Norden gegangen«, sagte der Streifenpulli. »Ich hab sie in der letzten Nacht die Bahnstrecke entlanggehen sehen.«

»Du warst hier? Und du hast sie gehen lassen? Und wieso sagst du uns das erst jetzt? Wie krank bist du denn?« Nele packte Lu an seiner Jacke und schüttelte ihn. Er wehrte sich mit wilden Karatebewegungen.

»Es war im Spiel, du Nelke, lass mich los! Du hast doch selbst gesagt, das ist nicht real.«

Sie ließ ihn los. Er richtete seine Jacke. Nahm seinen Ast wieder auf, der ihm aus der Hand gefallen war. Die beiden schauten mich an, als hätte ich die Sache zu entscheiden.

Ich zögerte. Dann deutete ich mit dem Kopf nach Norden, und wir gingen die Schienen entlang, auf den Bahnhof Kernkraftwerk zu.

22. KAPITEL

Der Bahnsteig lag verlassen da. Die Schienen rosteten vor sich hin. Zwischen den Fugen der Betonplatten wucherte Unkraut. Junge Birken standen auf dem Dach des Bahnwärterhäuschens. Die Scheiben waren zerschlagen, das Stellwerk von altem Laub überdeckt. Es war keine Menschenseele in Sicht.

»Ich will nicht weitergehen«, sagte Lu. »Das ist die verbotene Zone. Das ist kein Spiel. Sondern ein Kernkraftwerk, das die Arbeiter vor einigen Jahren verlassen haben, weil es ihnen zu gefährlich wurde.«

Wir standen vor einem Rollgitter, das den Zugang zum Gelände versperrte. Dahinter standen niedrige graue Dienstgebäude und verfallene Holzschuppen. Zwischen den Bäumen, in einiger Entfernung, erhoben sich die Kühltürme in einem unheilvollen Grau. Man kam sich merkwürdig klein vor bei ihrem Anblick. Noch merkwürdiger aber war die plötzliche Stille. Es war, als hielte der Wald hinter uns den Atem an. Würden wir weitergehen oder umkehren?

In Berlin hatte ich verlassene Fabriken gesehen, die wesentlich schlimmer aussahen. Dieser Ort erinnerte mich sofort an eine Sequenz in *ilinx*, als ich durch die verlassene Stadt Pripyat hinter dem Kernkraftwerk Tschernobyl wanderte. Eine Stadt, die innerhalb von wenigen Stunden geräumt worden war. Die Menschen wurden alarmiert von Feuerwehrleuten und Armeeeinheiten. Sofortige Evakuierung! Mütter suchten nach ihren Kindern. Und plötzlich lagen die Spielplätze verlassen da. Schaukeln quietschten leise im Wind. Ein störrisches Karussell, das sich nie wieder drehen würde. In den Hausfluren lagen Puppen, die bei der eiligen Flucht aus Taschen gefallen waren. Es gab keine Möglichkeit, sie noch zu holen. Niemand würde je hierher zurückkommen.

»Träumst du?«, fragte Nele. Lu stand neben ihr, die beiden sahen mich an wie Kinder, die auf eine Entscheidung warteten. Weitergehen oder umkehren?

Die Entscheidung war klar: Es war falsch gewesen, die Bahnstrecke in diese Richtung zu gehen. Wir mussten umkehren. Egal, wie weit Gransee oder eine andere menschliche Siedlung entfernt war, wir mussten uns bis dorthin durchschlagen. Wir durften hier nicht weiter vordringen. Sobald wir uns zurückzogen von dieser Ruine, würde der Wald wieder atmen, vielleicht sogar mit uns reden.

Ich warf einen letzten Blick auf das Gelände hinter dem Absperrgitter und vermied es, zu den betongrauen Kühltürmen hochzusehen.

»Wir gehen zurück«, sagte ich. »Hannah kann hier nicht sein.«

Irgendwo flatterte ein Vogel auf. Wir hörten einen Specht, der gegen einen Stamm hämmerte. Über den Baumwipfeln zogen die Wolken, aber es hatte aufgehört zu regnen.

Nele sagte: »Was ist denn das da? Seht ihr das auch?« Sie wies durch die dunkelgrauen Stäbe des Tors hindurch auf den

Weg, der zu den Schuppen führte. Dort hing ein rotes Tuch am Stamm einer kleinen Birke. Ich wusste sofort, was es war.

»Das ist Hannahs Schal«, sagte ich.

»Dann ist sie also doch hier«, sagte Nele.

Wir kletterten über das Tor, es war ganz einfach. Der Schal zog uns magisch an. Es war tatsächlich Hannahs Schal, Nele erkannte ihn so gut wie ich, und auch Lu nickte. Sie hatte ihn ja die ganze Zeit getragen.

Wir suchten den Boden nach Fußabdrücken ab. Vergeblich. Die Betonplatten waren nass vom Nieselregen, und die Fläche daneben war einfach nur voller Unkraut.

Nele übernahm jetzt die Führung. Sie behielt den Schal in der Hand und ging schnurstracks auf die Werksgebäude zu. Sie rief Hannahs Namen, zweimal, dreimal. Keine Antwort. Wir gingen trotzdem weiter. Wir mussten. Angst hatten wir nicht mehr.

Es gibt diesen Moment, in dem man nicht mehr umkehren kann. In dem man die Gefahr einfach vergisst. In dem man die normale Welt hinter sich gelassen hat und weitergehen muss, ganz gleichgültig, wer oder was einen am Ende des Wegs empfängt.

Hannah war es aber offenbar nicht, die am anderen Ende des Wegs auf uns wartete. Wir riefen immer wieder nach ihr, doch sie antwortete nicht. Wir durchsuchten die offen stehenden Schuppen und die Dienstgebäude nach ihr oder wenigstens nach einer Spur von ihr. Viele Türen standen offen. Die Räume dahinter waren leer bis auf ein paar Zeitungen oder Kaffeebecher. In andere konnten wir nur durch die Fenster hineinschauen. Die Türen zu den Dienstgebäuden klapperten im Wind, sie hatten sich verzogen, sodass sie nicht mehr schlossen. In den Fluren roch es widerlich nach totem Tier. Wir konnten den Geruch dort keine Minute lang ertragen und rannten wieder heraus. Hannah hätte es dort auch nicht ausgehalten. Einmal glaubten wir, ihren Haarschopf hinter einem Baum zu sehen, doch als wir die Stelle erreicht hatten, flatterte da nur ein alter Lappen. Je mehr wir suchten, desto näher kamen wir dem eigentlichen Kernkraftwerk, und als wir die letzte Baumgruppe hinter uns gelassen hatten, stand es vor uns – ein graues, hässliches Monstrum.

Gelbe Kacheln am unteren Rand. Dann nur noch schmutzig grauer Beton. Gebaut nach purer Funktionalität: Eingangsbereich, Steuerungszentrale, Überwachungsräume, dazwischen Sicherungsschleusen. Hoch aufragend über uns die Kühltürme. Ich kam mir nicht nur klein, sondern auch auf irrationale Weise beobachtet vor. Der Bau war mindestens fünfzig Jahre alt, er stammte also aus einer Zeit, in der die Leute noch an saubere Kernenergie glaubten, jedenfalls in der DDR. Aber durch den langen Verfall erinnerten die beiden Kühltürme eher an ein versteinertes Raumschiff aus einer anderen Galaxie. Vielleicht ein Schwesterschiff des legendären Raumschiffs, von dem am Alexanderplatz nur noch die Antenne übrig war, die jetzt als Fernsehturm fungierte.

Aber Berlin war so unfassbar weit weg. Die normale Welt lag wie ein versunkener Kontinent hinter uns. In jener Welt hatte ich mal Eltern gehabt, war ich mal ein ganz normaler Junge gewesen, war ich täglich mit der U-Bahn zur Schule gefahren, hatte Marmeladenbrote gegessen und in einem warmen Bett geschlafen. Irgendwann in den letzten Tagen hatte ich den Faden zu dieser Welt verloren, jetzt kam sie mir unerreichbar vor. Wir waren nicht auf dem Weg nach Berlin, nicht mal auf dem nach Gransee. Wir mussten uns unbedingt dieses Kernkraftwerk ansehen.

»Warum sollte Hannah hier reingehen?«, fragte Nele. »Auch wenn es seit Jahren leer steht, ist es bestimmt immer noch total verstrahlt.«

»Ich glaube, sie wollte vor allem von dem Haus in Altglobsow weg«, sagte ich.

Keine elegante Erklärung dafür, weshalb sie sich in einem verfallenen Kernkraftwerk verkriechen sollte. Aber die beiden hörten mir ohnehin nicht zu.

»Sie will uns auf fremdes Gebiet locken«, sagte Lu. »Alte Gamer-Strategie. Führe deinen Gegner aus dem Feld, in dem er sich auskennt, in ein fremdes Revier.«

»Wenn du jetzt wieder mit deinen Zombies anfängst, scheuer ich dir eine!«, sagte Nele.

»Ich hab doch gar nichts von Zombies gesagt.«

»Hier lebt niemand mehr«, sagte sie. »Höchstens ein paar Eichhörnchen – oder Kellerasseln, die überleben quasi alles. Wir können reingehen und uns die Räume ansehen. Vielleicht finden wir noch ein paar alte Brennstäbe oder Geigerzähler.«

»Ich geh da nicht rein«, sagte Lu. »Wir sind nicht bewaffnet, wir können uns nicht wehren.«

»Gegen wen denn? Vielleicht braucht Hannah unsere Hilfe? Glaubst du, sie hat ihren Schal aus Spaß verloren? Vielleicht ist sie verletzt.« Nele klang aufgeregt. Sie riss Lu seinen Ast aus der Hand. »Das müsste doch als Waffe reichen.«

»Okay, lasst uns mal nachschauen«, sagte ich. »Sie muss auf jeden Fall hier sein oder hier gewesen sein, wenn ihr Schal hier liegt.«

»Das ist eine Falle«, sagte Lu. »Ich gehe da auf keinen Fall rein.« Er sagte das nicht ängstlich, er war total überzeugt.

»Dann eben nicht«, sagte ich. »Warte hier. Wir kommen gleich zurück.«

Er schaute mich an wie jemanden, den man endgültig aufgibt. »Klar warte ich auf euch. Vielleicht ist genau das der Plan? Dass wir uns nach und nach vereinzeln? Damit sie leichter mit uns fertigwerden?«

»Du hast Schiss, da reinzugehen, und du hast Schiss, hier draußen zu warten. Du tust mir echt leid«, sagte Nele zu ihm.

Dann schaute sie zu mir, ich nickte. Sie sah in diesem Augenblick so gut aus, so kraftvoll, entschlossen, tapfer. Die Reststrahlung, die es hier vielleicht noch gab, war ihr egal. Sie wollte Hannah finden, um jeden Preis.

Lu setzte sich im Schneidersitz auf den Boden. »Ich warte auf euch. Aber nur eine halbe Stunde. Dann haue ich ab. Mir ist kalt. Ich habe Hunger. Ich will nach Hause. Außerdem wird es gleich dunkel. Halbe Stunde, dann bin ich weg.«

Wir brauchten keine halbe Stunde. Die Eingangstüren waren fest verschlossen. Wir gingen an der Seite entlang, um einen Einstieg zu finden. Eine Kellertreppe führte nach unten, doch wir gingen zuerst um das Gebäude herum, zur Rückseite.

»Ich weiß nicht, was er gegen Hannah hat«, sagte Nele. »Er tut, als ob sie was gegen uns im Schilde führt.«

»Er spinnt«, sagte ich. »Er kommt in der Wirklichkeit nicht mehr klar. Zu viele Games gezockt. Verzerrte Wahrnehmung der Realität.«

»Klingt nach einer professionellen Diagnose. Lu, der Streifenpulli, leidet an einer verzerrten Realitätswahrnehmung und sollte daher für einige Monate in einer geschlossenen Anstalt betreut werden.«

»Aber es stimmt. Er sieht Zombies, ist das nicht hirnrissig genug? Er schiebt einfach nur Paranoia, was Hannah angeht.«

»Vielleicht auch Borderline«, sagte sie. »Er hat sie ja angeblich in *ilinx* schon hier gesehen.«

Die Rückfront sah absolut abweisend aus. Dunkelgrauer Putz. Zwei Eisentüren, an denen wir vergeblich rüttelten. Die Fensterscheiben waren aus Milchglas. Gitter davor. Oben lief eine Rolle Militärstacheldraht. Es wirkte, als wollte uns das Gebäude sagen: *Ihr kommt hier nicht rein!*

»Lass uns umkehren«, sagte ich.

»Warte, da war doch noch die Kellertreppe«, sagte Nele.

23. KAPITEL

Wir gingen an der Seite zurück, bis wir die Stiege erreichten. Auch sie war von Unkraut überwuchert. Das Geländer war aber noch stabil. Die Tür auch. Sie war rostrot gestrichen. Auf Augenhöhe verkündete ein gelbes Schild:

Betreten verboten
Zutritt für unbefugte Personen
ist strengstens untersagt
und wird strafrechtlich verfolgt.
Eltern haften für ihre Kinder.

Ich legte die Hand auf den Türgriff und hoffte insgeheim, dass die Klinke sich nicht bewegen würde. Dass die Tür abgeschlossen wäre.

»Mach schon«, sagte Nele hinter mir. »Es ist doch niemand hier. Für Hannah.«

Ich drückte die Klinke herunter und zog die Tür auf. Sie gab knarrend nach.

»Das kann doch nicht wahr sein«, sagte ich.

»Doch«, sagte sie.

»Gibt's hier keinen Wachschutz? Man kann doch nicht einfach alles offen stehen lassen.« Ich wollte da nicht rein.

»Hier ist niemand«, sagte sie. »Lass uns nur kurz gucken, ob Hannah da ist.«

Nele wirkte nervös. Hatte sie sich auch von Lu anstecken lassen? Ich musste mir leider eingestehen, dass ich angesichts des dunklen Kellers den Gedanken an die Zombies nicht vollständig verdrängen konnte. Oder hatte sie Angst vor der Strahlung? Aber immerhin war sie entschlossen genug, ihre Angst zu überwinden.

Wir schauten in den Keller hinein. Es war stockfinster. Ein Hauch trockener Luft kam uns entgegen. Vermutlich glühte das Kernkraftwerk inwendig immer noch vor sich hin. Ohne Taschenlampe konnten wir hier keinen Schritt hineinwagen.

Das war der Moment, in dem wir den Motor eines Autos hörten, das sich rasch näherte. Kurz darauf Schritte, die hektisch näher kamen, dann erschien Lu oben an der Treppe und hetzte die Stufen herunter.

»Es kommt jemand. Wachschutz oder so.«

»Hat er dich gesehen?«

Er schüttelte den Kopf. »Glaub nicht. Er kam den Weg hinter den Bäumen hoch, und ich war ziemlich schnell außer Sichtweite. Wieso kommt ihr denn nicht, wir müssen weiter!«

Das Brummen des Motors erstarb. Klappen der Wagentür.

Wer immer hierherkam, er sollte uns nicht entdecken. In ein Kernkraftwerk einzudringen, wurde sicher schwerer geahndet, als wenn man in ein normales leer stehendes Haus einstieg. Kernkraftwerkfriedensbruch. Ich stellte mir vor, wie die Polizei mich nach Hause brachte, den erschrockenen Blick meines Vaters, das Weinen meiner Mutter. Nein, wir würden einfach warten, bis er wieder weg war, dann würden wir weiter nach Hannah suchen. Und wenn wir sie nicht fanden, würden wir zum Haus zurückgehen, wo Alex und Lilly vielleicht auf uns warteten. Vielleicht mit ihren Eltern. Oder Ulf. Oder niemand außer den Krähen auf dem Dach.

Wir schlüpften in den Keller hinein, und ich zog die Tür hinter uns zu. Hoffentlich war das Geräusch nicht auf dem Vorplatz zu hören. Wir pressten uns an die Wand. Ich hatte die Augen weit aufgerissen, sah aber trotzdem nur ein pechschwarzes Nichts vor mir. Meine Augen gewöhnten sich nur schwer an die Dunkelheit. Wir standen eng beieinander, Nele neben mir, dann Lu.

Nele tippte leicht gegen meine Schulter, und als ich mich zu ihr hinunterbeugte, flüsterte sie: »Du hast Hannah auch im Waisenhaus gesehen, oder?«

»Wie kommst du darauf?«

Sie nahm meine Hand. Wieso tat sie das, und warum jetzt? Manchmal fand ich Mädchen total verwirrend. Ich zögerte, dann nickte ich, dachte aber nicht daran, dass sie das nicht sehen konnte.

»Sag schon!«, sagte sie. »Ich hab's dir doch auch erzählt.«

»Ja, ich hab sie gesehen.«

»Was flüstert ihr denn?«, fragte Lu.

»Nichts«, sagten wir gleichzeitig.

Wir hörten Schritte die Treppe herunterkommen. Es musste ein schwergewichtiger Mann sein, denn er stöhnte bei jedem

Schritt. Er rüttelte an der Tür. Probierte die Klinke, die Tür öffnete sich knarrend. Wir drückten uns so eng an die Wand, wie wir konnten, ein Lichtstrahl fiel an uns vorbei in die Tiefe des Kellers. Wir hielten den Atem an. Ich drückte Neles Hand, und sie erwiderte meinen Druck.

»Wat'n dat für 'ne Schlamperei hier!«, sagte der Mann halblaut und knallte die Tür wieder zu. Wir atmeten auf. Dann hörten wir ein Klicken im Schloss. Nele kapierte als Erste, was passiert war. Sie rannte zur Tür, schrie und rüttelte an der Klinke. Die Tür war aus dickem Stahl, aber trotzdem konnten wir das Keuchen des Mannes auf der Treppe hören. Lu und ich riefen jetzt auch. Er musste uns hören. War der schwerhörig? Nach einer Weile hörten wir, wie der Motor seines Wagens aufheulte. Wir verstummten. Es war vorbei.

»Scheiße«, sagte Nele.

Ich rüttelte auch noch einmal an der Türklinke, aber natürlich blieb die Tür fest verschlossen.

»Wieso habt ihr nichts gesagt?«, fauchte Nele uns an. »Ihr seid so feige. Und jetzt sitzen wir in der Falle.«

»Was sollten wir denn sagen? Entschuldigung, wir haben hier unsere Freundin verloren. Sie geht so gern in verlassene Kernkraftwerke. Er klang nicht, als ob er uns krankenhausreif geprügelt hätte, aber auf jeden Fall hätte er sofort die Bullen gerufen. Ich war vor allem froh, dass er uns nicht entdeckt hat.«

»Und wennschon, dann hätte er eben die Polizei geholt. Meine Eltern sind das schon gewöhnt. Er hat uns eingeschlossen. Er hat uns verdammt noch mal eingeschlossen!«, rief Nele.

»Du hast doch auch nichts gesagt, als er reingeschaut hat«, sagte Lu.

Aber Nele hörte ihm nicht mehr zu. Ich konnte sie nicht sehen, hörte nur ihre Stimme irgendwo in der Finsternis. Sie war schrill vor Panik.

»Ich bin fünfzehn, ich bin noch viel zu jung, um in einem verdammten Keller zu sterben.«

»Jetzt haltet doch mal die Klappe«, sagte Lu.

Seine Stimme klang sachlich, geradezu geschäftsmäßig. Ich hörte ein Ratschen, dann schoss eine gelbe Stichflamme auf und erhellte seinen Körper. Die guten alten Streichhölzer. »Wir müssen entweder die Tür aufsprengen oder einen anderen Weg finden. Da wir keinen Sprengstoff dabeihaben, gehen wir durch den Raum, bis wir eine Treppe oder etwas anderes finden. Es gibt auf der ganzen Welt keinen Keller, der nur eine einzige Tür hat. Los, Leute!«

Er ging voraus. Das Streichholz gab ein unstetes Licht ab, das zwar nicht weit in den Kellerraum hineinreichte, aber immerhin konnten wir den Boden sehen. Dann erlosch es, wir hielten an, er riss das nächste Streichholz an, und wir setzten unseren Weg fort. Ich wollte im nächsten Leben auch ein Gamer werden. Immer ein Survival-Kit zur Hand und eine Überlebensstrategie im Kopf.

»Ich muss mal«, sagte Nele.

»Nicht jetzt, bitte«, stöhnte Lu.

»Ich muss immer, wenn ich mich aufrege.«

»Aber jetzt geht es eben nicht.«

»Lass sie doch«, sagte ich.

»Es ist eklig, in einen Keller zu pinkeln«, meinte er.

Aber Nele hörte nicht auf ihn. Ihre Stimme klang schon etwas entfernt. »Dauert nicht lang. Aber nicht gucken.« Sie kicherte.

Wir schwiegen und blickten tatsächlich zu Boden, obwohl das in der totalen Finsternis vollkommen überflüssig war.

Sie rief noch hastig: »Ihr müsst auch nicht unbedingt zuhören.«

Wir hörten sie trotzdem. Ehrlich gesagt, ich hätte auch gern mal gepinkelt. Aber damit konnte ich jetzt schlecht kommen. Außerdem wäre ich, wenn ich jetzt einen stillen Ort gesucht hätte, vermutlich über Nele gestolpert.

»Okay«, sagte sie schließlich. »Kann weitergehen. Wo seid ihr eigentlich?«

Lu klapperte mit den Streichhölzern und zündete wieder eines an.

»Wie viele hast du noch?«, fragte ich.

»Zehn vielleicht«, sagte er.

Das hätte reichen können, wenn wir zügig einen anderen Ausgang gefunden hätten. Aber wir fanden keine zweite Tür. Die Wand gegenüber war durchgehend gemauert. Die Seitenwände waren vollgestellt mit Gartengeräten, so gut wir das im kargen Licht der Streichhölzer sehen konnten. Ein Streichholz nach dem anderen flammte auf. Ich zählte insgeheim mit.

Schließlich standen wir wieder an der Eisentür. Ein winziger Lichtstrahl drang durch den Spalt. Das war gerade genug, um uns wissen zu lassen, dass es die Welt da draußen noch gab, und uns zugleich auf fiese Weise darauf hinzuweisen, dass wir hier eingeschlossen waren.

»Du hast jetzt noch ungefähr zwei Streichhölzer«, sagte ich.

»Kommt hin.«

Lu zündete auch kein weiteres mehr an. Wir standen ratlos in der absoluten Dunkelheit.

»Ich muss schon wieder«, sagte Nele.

Ich wollte ihre Hand nehmen, um sie zu trösten, aber sie zog sie weg.

Ich versuchte noch mal, die Tür zu öffnen. Riss an der Klinke. Trat gegen die Tür. Das schwere Eisen gab einen dumpfen Laut von sich, der irgendwie höhnisch klang. Ich ließ wieder davon ab.

»Wir könnten ja rufen«, sagte sie. »Irgendwann muss doch jemand kommen.«

»Hier kommt sicher dauernd jemand vorbei«, sagte ich. »Der Typ im Auto kam ja auch im richtigen Moment.«

»Aber ihr Helden sagt keinen Ton, sondern lasst euch lieber einschließen«, sagte sie. »Das kann ich echt nicht verstehen, wie man so feige sein kann.«

»Du hast auch nichts gesagt«, wiederholte Lu.

»Doch, hab ich. Aber zu spät. Ich wusste nicht, dass er uns einschließen würde«, sagte sie wütend. »Und ich geh jetzt noch mal pinkeln, falls es jemanden interessiert.«

Lu und ich setzten uns nebeneinander an die Tür. Lu klapperte ratlos mit seiner Streichholzschachtel. Nichts auf der Welt konnte sich so deprimierend anhören wie die letzten zwei

Streichhölzer in ihrem kleinen Schachtelsarg. Jetzt hätte ich gern eine VR-Brille gehabt, um mich in eine andere Welt zu katapultieren. Wegzutauchen in eine angenehmere Umgebung.

»Hast du nicht gesagt, dass du in *ilinx* schon mal hier warst?«, fragte ich Lu.

»Ja, hundert Stunden«, sagte er.

»Dann müsstest du diesen Raum doch auch kennen«, sagte ich.

»Nein«, sagte er. »Hier war ich nie. Warum auch? Das ist doch bloß ein Abstellraum.«

Nele kam zurück. Sie tastete sich näher, ließ sich dann neben mir in die Hocke, setzte sich. Ich spürte ihre Schulter an meiner. Ihre Hand schlüpfte in meine. Sie hatte Angst. Ich auch.

»Immerhin haben wir es warm«, sagte sie.

Ich hörte nicht hin. Mein Hirn arbeitete auf Hochtouren. Was nicht viel heißen sollte. Ich fand einfach keinen Ausweg. Die Tür zu dritt auftreten? Quatsch. Mit den Gartengeräten die Tür aufbiegen? Vergiss es.

Wir hatten es wirklich warm. Der trockene Luftzug war deutlich zu spüren, während wir dasaßen und in Verzweiflung versanken.

»Hier muss es einen Lüftungsschacht geben«, sagte ich.

»Gibt es«, sagte Lu. »Ich hab sogar die Pläne gesehen, den Grundriss. Ich war der Gefängniswärter. Die hatten ein richtig ausgetüfteltes Zellensystem.«

Ich hoffte, dass er nicht wieder zu seinen Zombies abdriftete, das hätte mir jetzt noch gefehlt.

»Wo müsste denn der Lüftungsschacht verlaufen?«

Er dachte nach. Man hörte es richtig knirschen in seinem Hirn. Nele hielt meine Hand, sie zitterte am ganzen Leib, aber nicht vor Kälte.

»Im Boden«, sagte er. »Irgendwo muss eine Klappe sein.«

Ich sagte nichts. Als wir uns im Dunkeln vorangetastet hatten, war ich auf eine Eisenplatte getreten, hinten rechts in der Ecke.

»Kommt«, sagte ich. Wir tasteten uns an der Wand entlang, bis ich die Stelle gefunden hatte. Eine Bodenplatte aus ziemlich dünnem Blech. Lu riss das vorletzte Streichholz an und beleuchtete die Oberfläche. Es war ein einfacher Griff, der umgeklappt und in eine Mulde eingelassen war. Ich drehte ihn hoch und hebelte die Klappe auf. Sie ließ sich leicht öffnen. Der warme Luftzug verstärkte sich.

»Bitte nicht«, sagte Nele neben mir. »Bitte sagt nicht, dass wir da reinmüssen. Ich hab Klaustrophobie. Ich drehe doch schon hier fast durch. Wenn ich in diesen Schacht gehe, von dem ich nicht weiß, wie lang er ist und wohin er führt, dann raste ich garantiert aus.«

»Wir haben keine andere Wahl«, sagte ich. Ich hasste diesen Spruch, aber diesmal stimmte er einfach.

Der Streifenpulli riss das letzte Streichholz an, weil er schauen wollte, wohin der Schacht ungefähr führte. Die Flamme flackerte im Luftzug auf und erlosch, ehe wir überhaupt etwas sehen konnten.

24. KAPITEL

Wir hatten wirklich keine andere Wahl, wir mussten in den Schacht hinein. Ich ging zuerst. Tastete mit den Füßen voraus und betete, dass der Schacht nicht endlos steil nach unten führte. Meine Füße rutschten an den Seiten entlang und stießen ziemlich bald auf den Boden. An der Seite dort unten war eine Öffnung, der Schacht lief also seitwärts weiter. Ich zog meine Füße wieder heraus.

»Ich muss mit dem Kopf zuerst runter«, sagte ich zu Nele und Lu. »Ihr kommt nach. Der Schacht führt bestimmt irgendwie nach draußen.«

»Kannst du nicht durchkriechen, und wir warten einfach hier? Dann holst du Hilfe und lässt die Tür aufschließen?«

Neles Stimme war ein einziges Flehen, und ich konnte ihre Panik wirklich verstehen. Mir ging es nicht anders.

»Wir müssen zusammenbleiben. Sonst verlieren wir uns auch noch«, sagte ich.

Ich gab natürlich nicht zu, dass ich allein zu große Angst hatte. Lu sagte nichts.

»Was ist, wenn wir stecken bleiben, weil wir zu fett sind?« Nele suchte weiter nach Ausreden. Sie war eher zu dünn als zu dick. Ich auch. Und Lu war dürr.

Ich gab keine Antwort, sondern tauchte kopfüber in den Schacht hinunter und tastete mich bis zum Abzweig vor. Die

Wände waren aus dünnem Aluminium, es gab ein helles, hallendes Poltern, als ich mich um die Ecke zwängte. Der Schacht war erstaunlich breit, ich kam mit den Schultern gut durch. Konnte die Knie anwinkeln und dann vorwärtsrobben wie ein mutierter Frosch.

Ich konnte nur nicht den Kopf heben. Der Schacht war total niedrig. Und ich konnte nichts sehen.

Und ich konnte nicht zurück.

Hinter mir polterte Nele den Schacht hinein und knallte auf den Boden. Sie sagte: »Aua.«

Dann robbte sie sich vor. Ich fühlte ihre Hand an meinem Fußknöchel. Ich kroch weiter nach vorn, Nele mir nach. Dann rutschte auch Lu in den Schacht, und nun lagen wir alle hintereinander.

»Nimm deine Hände von meinen Beinen«, sagte Nele.

»Ich wollte nur wissen, ob du da bist«, antwortete Lu. »Macht mal hinne da vorn, ich halte das nicht ewig aus in dieser Enge.«

»Ich auch nicht«, sagte Nele. »Ich fang eh gleich an zu schreien. Und wenn ich erst mal schreie, dann höre ich nicht mehr damit auf.«

Wir krochen also weiter. Ich voraus. Mir schlug das Herz bis zum Hals. Mein armes Herz, eingeschlossen in einen engen Brustkorb, in einem Käfig aus Rippen. Es hatte einfach nur eine Scheißangst.

Ich kroch weiter. Ich musste husten. Ich schwitzte. Hier war es wirklich warm. Und es wurde immer wärmer, so als näherten wir uns dem Mittelpunkt der Erde, ihrem glühenden Kern.

Doch das konnte nicht sein, denn nach meinem Gefühl verlief der Schacht ziemlich waagerecht. Wir machten einen Mordslärm. Stießen uns von den Wänden ab. Ich nach vorn, um nicht unversehens auf eine Wand zu stoßen.

Oder auf einen riesigen, gefräßigen Ventilator.

Würden wir jetzt stundenlang in diesem Schacht weiterkriechen? Lu hatte von einem unterirdischen Labyrinth erzählt, dessen Wege kilometerlang seien. Kilometer. Aber das war in *ilinx* gewesen. Rein virtuell. Du nimmst die Rift ab, und alles ist wieder gut. Du sitzt auf der Couch und hast eine Tüte Chips in Reichweite.

Aber dies hier war die Wirklichkeit. Wir konnten keine Brille abnehmen. Wir saßen auf keiner Couch. Wir krochen durch einen Schacht irgendwo in den Eingeweiden eines seit Jahren verlassenen Kernkraftwerks.

Mein Mund war so trocken, dass ich ständig husten musste. Das Robben war ungewohnt. Anstrengend. Meine Arme schmerzten. Die Knie waren längst aufgeschürft.

»Sind wir bald da?«, fragte Nele.

»Gleich«, sagte ich.

Was man eben so sagt in absoluter Finsternis, in einem Schacht, der eher ein sehr langer Sarg ist. Ein Sarg, durch den man bis ans Ende seines Lebens kriechen muss.

»Ich bin fünfzehn«, sagte Nele, als wäre das ein entscheidendes Argument. »Ich will nicht so jung sterben.«

»Wenn wir ein Jahr lang hier weiterkriechen, dann bist du sechzehn«, sagte Lu. »Wäre es dann okay?«

»Halt die Klappe«, sagte sie.

»Braucht ihr eine Pause?«, fragte ich.

»Nein«, sagte Lu. »Aber ich würde gern mal vorn sein. Ich habe Schiss hier am Ende. Hab immer das Gefühl, jemand schnappt nach meinen Füßen.«

»Sehr witzig«, sagte Nele.

Ich robbte einfach weiter. Dem warmen Luftstrom entgegen. Ich war auch erst sechzehn. Ich wollte genauso wenig sterben.

Nicht jetzt.

Nicht hier.

Mechanisch robbte ich weiter. Tastete nach vorn, spannte Arme und Beine an, schob meinen Körper vorwärts. Hörte meinen Atem. Hörte das Scheppern des Aluminiums. Und fühlte Panik in mir aufsteigen.

Ich tat alles, um sie niederzuhalten. Redete mir insgeheim beruhigend zu: Alles wird gut alles wird gut alles wird gut alles wird gut alles wird gut alles wird gut alles wird gut alles wird gut alles wird gut alles wird gut alles wird gut. Aber das war der falsche Ansatz. Die Panik wuchs dadurch nur weiter, wurde zu einem warm vibrierenden Kloß in meinem Bauch. Wenn sie überhandnahm, würde ich keinen Millimeter weiterkommen.

Ich versuchte es andersrum. Während ich durch den Schacht kroch, schloss ich mit meinem Leben ab. Zwang mich, dem Tod ins Auge zu sehen. Okay, ich würde also sterben. Sechzehn Jahre hatte ich ja immerhin geschafft, so weit bringt es nicht jeder. Es gab auch schöne Momente in diesen Jahren. Zum Beispiel, als ich mein erstes Fahrrad bekam. Großartig war der

Schokoladenpudding in Norwegen. Oder meine schöne Mia. Alles vorbei, ich würde sie nicht wiedersehen. Man muss auch loslassen können. Grad wenn es am schönsten ist.

Ich robbte schneller, bloß weg von hier. Hinter mir hörte ich Nele weinen.

»Alles wird gut«, sagte ich vage in ihre Richtung.

»Halt bloß die Klappe«, sagte sie und schlug mit der Faust gegen meine Waden. »Bring uns hier raus, aber schnell.«

Von Lu hörte ich nichts, aber er war noch da. Und meine Panik war natürlich auch noch da. Sie steigerte sich kontinuierlich, mästete sich, wurde zu einem riesigen rot glühenden Planeten in mir. Sie machte sich bereit zum Ausbruch. Zur Supernova.

Jetzt hatte ich es echt eilig, ich war auf der Flucht vor meiner eigenen Panik. Ich kroch weiter, robbte immer schneller. Unter mir donnerte das dünne Blech des Schachtes. Ich stieß an die Seitenwände, sie gaben ein helles Scheppern von sich.

»Warte!«, rief Nele. »Lass uns nicht zurück!«

Mir war es egal. Vielleicht war es besser so. Sie sollten nicht in meiner Nähe sein, wenn mich die Panik übermannte. Mittlerweile freute ich mich fast darauf. Ich erwartete sie, machte mich bereit für den ersten großen Schub, der mich heiß mitreißen würde.

Ich stürzte in einen runden Schacht. Für einen Moment kam ich mir vor wie früher auf dem Kinderspielplatz in der Tunnelrutsche. Dieser Augenblick, wenn du loslässt, die Schwerkraft nimmt dich mit, du legst dich in die Kurve, rast nach unten und weißt nicht, wo du ankommen wirst.

Als wir Kinder waren, wurde immer alles gut. Wir kamen unten an. Unten war Licht. Unten lag weicher Torf, in den wir hineinfielen. Unten waren unsere Eltern, die uns auffingen.

Hier war niemand, der uns auffing.

Ich rutschte kopfüber auf ein schmutzig graues Licht zu und knallte gegen ein Schutzgitter, das die Mündung des Rohres verschloss. Über mir hörte ich Nele aufschreien, kurz danach knallte sie mit ihren Knien und Ellenbogen und sonstigen zweihundert Knochen in meinen Rücken. Wir hingen immer noch im Rohr fest.

Sie schrie: »Warte oben, halt dich fest!«

Lu: »Wie denn?«

Und er rutschte ebenfalls auf uns drauf. Schon Neles Aufprall hatte mir die Luft aus dem Brustkorb gepresst. Jetzt schien es mir, als würde ich durch das Gitter gequetscht werden.

Aber man soll ja immer positiv denken. Positiv war tatsächlich, dass sich das Gitter durch unseren dreimaligen Aufprall gelockert hatte. Vielleicht war es in all den Jahren rostig und mürbe geworden. Vielleicht war es nicht auf das Gewicht von drei Jugendlichen ausgelegt. Vielleicht war es auch einfach nur überrascht. Es hatte jedenfalls ein wenig nachgegeben.

»Geht weg von mir«, sagte ich mit der letzten Luft, die mir geblieben war.

»Er sagt, wir sollen von ihm weggehen«, sagte Nele zu Lu.

»Wie denn?«, fauchte er zurück. »Ich kann mich nirgends festhalten. Ich kann nicht zurück. Er soll sich mal nicht so anstellen.«

Der Druck der beiden Körper auf mir war kaum auszuhalten. Mein Gesicht wurde vom Gitter in kleine Quadrate zerlegt. Ich sah in eine milchige Helle hinein. Wie konnte das sein? Wir waren von einem Keller aus in einen Schacht nach unten geklettert und jetzt noch weiter nach unten gerutscht, und hier war plötzlich Tageslicht? Oder war ich gestorben und sah bereits das Licht des Himmels?

»Was ist jetzt?«, fragte Lu.

»Jan sagt nichts mehr«, antwortete Nele. »Vielleicht hat er es schon hinter sich.«

Die Weise, wie sie meinen Namen aussprach, hörte sich zwiespältig an. Einerseits erstaunlich lieb, aber andererseits fast feierlich, wie man eher von Verstorbenen spricht. Zu denen gehörte ich aber noch nicht. Wollte ich auch nicht.

»Wir müssen uns bewegen«, sagte Lu. »Ich will hier endlich raus. Wir haben es fast geschafft, da ist doch Licht. Egal, was mit Jan ist, wir müssen hier raus!«

Ich war nicht tot, nur etwas weggetreten. Aber ich bekam durchaus mit, dass die beiden über mir sich zu bewegen begannen, sodass das ganze Lüftungsrohr zu schwingen anfing.

»Das ist gut«, sagte Nele atemlos. »Mach weiter.«

Der Rhythmus steigerte sich, wurde immer heftiger. Das Rohr ächzte. Das Schutzgitter vor meinem Gesicht riss mit einem Knirschen auf und gab nach. Gab uns frei.

Ich fiel.

Wir fielen.

25. KAPITEL

Es war ein niedriger Kellerraum, wir fielen aus der Rohrmündung auf einen Schutthaufen in der Ecke. Ich als Erster, dann Nele, dann Lu, und natürlich mussten sie beide mit voller Wucht auf mich draufknallen. Ich japste nach Luft. Irgendwo in meiner Leiste gab es einen scharfen Riss.

»Sorry«, sagte Nele.

Sie murmelte das genau in dem Tonfall, in dem man sich entschuldigt, wenn man einen Fremden auf der Rolltreppe anrempelt. Lu sagte überhaupt nichts, er hielt mich vermutlich für tot, da konnte ich ihm zumindest noch als Matratze dienen. Er bretterte so richtig in mich rein, ich wurde fast wieder ohnmächtig vor Schmerz. Ich stöhnte auf und rollte mich vom Schutthaufen herunter. Versuchte auf die Füße zu kommen. Und zu atmen.

»Der lebt ja noch«, sagte Lu.

Ich hätte ihn am liebsten an die Kellerwand geklatscht.

»Hast du dir wehgetan?«, fragte Nele.

Und sie gleich daneben.

»Verarschen kann ich mich allein«, sagte ich.

Ich tastete unauffällig an meine Leistengegend, dort hatte sich eine kleine Beule gebildet. Sie schmerzte nicht so schlimm, aber es war dieses fiese Gefühl, dass der Körper kaputt ist. Ich sagte den anderen nichts davon, sondern verzog nur den Mund.

»Wieso bist du so sauer? Wir sind aus dem Schacht rausgekommen. Und wem hast du das zu verdanken? Uns!«

»Indem ihr mich als Trampolin benutzt, weil ich angeblich eh schon tot bin?«, sagte ich. »Super. Das nenne ich echte Liebe. Wenn dein Kumpel mal eine Sekunde lang nichts sagst, dann springst du einfach voll auf ihn drauf.«

»Aber wir mussten da raus, und von dir kam ja nichts mehr.«

»Und was kommt von dir? Du hast uns in diesen bescheuerten Keller geführt. Wegen Hannah. Wieso laufen wir eigentlich dieser sturen Kuh hinterher? Seit Stunden. Durch ein verlassenes Kernkraftwerk. Das ist doch krank! Nur weil diese hohle Nuss schlafwandelt und durch den Wald wabert. Was soll dieser ganze Scheiß?«

»Jan, jetzt komm mal wieder runter!«, sagte Nele. »Niemand hat dich gezwungen, mitzukommen. Du hättest auch gern im Keller bleiben können. Hättest auch vorher gern vor dem Wachschutz auf die Knie gehen und betteln können, dass er dich zur Polizei bringt.«

»Ich wollte überhaupt nicht hierher! Ich bin nur deinetwegen mitgelaufen!«, schrie ich und trat gegen irgendeinen zerknautschten Farbeimer. Was für ein erbärmliches Kellerloch war das hier eigentlich? »Wir kriechen kilometerweit durch diesen Schacht und kommen wieder in einem Keller raus?«

»Immerhin ist hier eine Treppe«, sagte Lu. Er wies auf eine Treppe am Ende des Raumes.

Ich war noch lange nicht fertig. »Du kannst dir deine Treppe sonst wohin stecken!«, schrie ich.

Aber als sie einfach losgingen, lief ich den beiden doch hinterher. Sie verstanden sich offenbar wortlos. Mich verstand niemand. Ich war immer noch auf hundertachtzig. Diese Treppe ärgerte mich maßlos. Wieso war sie nicht drüben in dem Abstellkeller gewesen? Dieses ganze Kernkraftwerk kotzte mich an. Hannah auch. Und Ulf, dieser Idiot, der uns hierhergebracht hatte, am allermeisten.

»Ich bring den Typen um, wenn ich ihn noch mal sehe«, murmelte ich.

Die Treppe führte in einen Eingangsbereich, von dem verschiedene Gänge abzweigten. Wir folgten den verstaubten Schildern zur Steuerungszentrale. Wenn wir schon mal da waren, konnten wir es uns auch ansehen. Hannah würden wir hier eh nicht mehr finden. Ich lief hinter Nele und Lu her und trat gegen alles, was mir in den Weg kam. Wieso baute man Kernkraftwerke eigentlich mitten in einen Wald hinein und ließ sie dann einfach stehen?

Wir passierten einige verstaubte Personenschleusen und Dekontaminationskammern, die seit Langem aufgegeben waren. Ein paar vorsintflutliche Geigerzähler und Schutzanzüge lagen in traurigen Regalen. Ich wartete nur darauf, an den Wänden ein Porträt von Erich Honecker zu entdecken. Dem hätte ich auch noch eine mitgegeben.

Lu schien sich jetzt auszukennen, denn er drückte schließlich eine Flügeltür auf, die in einen kreisrunden Raum führte: die Schaltwarte. Sie sah aus wie das Cockpit von Raumschiff Enterprise in den ganz alten Staffeln. Nur noch älter. An den abgerundeten olivgrünen Wänden zogen sich die Kontrolllampen, Messgeräte und Steuerungselemente hin. So altmodisch, dass sie schon wieder liebenswert waren. Die Schalter und Knöpfe waren noch richtig Wertarbeit aus Hartplastik. Die Monitore für die Computer wölbten sich prunkvoll vor. So sahen die damals aus?

All das lag in einem unwirklichen Dämmerlicht, als würden irgendwo Glühbirnen mit ewiger Brenndauer versteckt sein. Ich rechnete nach, es musste schon fast Mitternacht sein. Und ich hatte Hunger! Aber hier gab es weit und breit nichts zu essen. Meine Laune verschlechterte sich von Minute zu Minute.

Nele und Lu standen vor mir am zentralen Schaltpult und steckten die Köpfe zusammen. Sie flüsterten.

»Können wir vielleicht mal weiter?«, fragte ich. »Ich habe Hunger.«

Nele drehte sich zu mir um und wies wortlos auf den Monitor in der Mitte des Pults. Ich ging hin und schaute mir das verdreckte Teil näher an. Und dann sah ich es selbst: In die dicke Staubschicht war mit den Fingerspitzen ***HANNAH*** geschrieben worden.

»Sie ist hier irgendwo«, sagte Lu. »Das sieht aus wie ein Hilferuf.«

Ich bekam eine Gänsehaut, als ich den Namen las, aber das musste ich vor den beiden nicht unbedingt zugeben. Kam vielleicht nur vom Wechsel aus dem warmen Lüftungsschacht, in dem wir geschwitzt hatten, in diese Zentrale, durch die ein kühler Wind zog.

»Kann ja sein, dass sie hier gewesen ist«, sagte ich. »Aber jetzt ist sie es nicht mehr. Wir sind die Einzigen hier.«

Nele lief aufgeregt vor dem Pult auf und ab. »Woher willst du das wissen? Vielleicht ist sie doch noch irgendwo. Vielleicht braucht sie Hilfe. Wir haben doch selbst gesehen, dass sie schlafwandelt.«

»Aber doch nicht den ganzen Tag! Wahrscheinlich ist sie irgendwann aufgewacht und umgekehrt. Sitzt jetzt auf den Stufen vor dem Haus und wundert sich, dass keiner mehr da ist. Oder die anderen haben sie gefunden.«

Lu beugte sich über den Monitor. »Sie hat ein Herz daneben gemalt.«

Ich nickte, weil ich mich bestätigt fühlte. »Dann war sie bestimmt wach. Wer schlafwandelt, malt keine Herzen und schreibt keine Namen. Oder?«

Wir standen immer noch in der Mitte des Raumes. Ratlos. Das Licht wurde allmählich schwächer.

»Ich gehe auf keinen Fall zurück«, sagte ich. »Es wird dunkel, wir finden den Weg durch den Wald eh nicht mehr. Und dann holen uns die Wölfe.«

»Wenn es nur die Wölfe wären«, sagte Lu leise.

Ich legte eine Pause ein, damit er eine weitere seiner Zombie-Visionen vom Stapel lassen konnte. Aber er sagte nichts mehr.

Wir schwiegen. Wir waren nichts als kleine, hungrige Gestalten in einem riesigen Kernkraftwerk, das untergründig immer noch zu atmen schien. Auf eine mysteriöse Weise pulsierte. Und irgendwie lauerte. Auf unseren nächsten Schritt wartete.

»Ich will hier raus«, sagte ich. »Einfach die nächste Straße runter, egal, wie weit es nach Gransee ist. Wenn wir unterwegs Hannah finden, super. Wenn nicht, können wir zumindest irgendwo was essen. Wenn wir verhungern, hat Hannah auch nichts davon.«

Nele stand jetzt still da und horchte. Worauf wartete sie? Dass Hannah plötzlich hereinkommen würde? Niemand kam hier rein als der kalte Wind aus dem dunklen Wald.

»Wir sollten langsam mal aufbrechen«, sagte ich. »Es wird dunkel. Wir müssen die Straße nach Gransee finden. Wenn Hannah schlau war, hat sie die auch genommen, und wir treffen sie dort. Und finden eine Bahnstation, wo ein Zug nach Berlin fährt. Ich will nach Hause.«

Der letzte Satz rutschte mir ganz unwillkürlich über die Lippen. Aber er kam direkt aus meinem Herzen. Ich hatte echt genug. Zur Not wäre ich auch allein losgegangen.

Nele sah mich an und nickte.

»Okay«, sagte sie. »Wir gehen nach Gransee. Wenn Hannah da nicht ist, fahren wir nach Berlin.«

Wir suchten in der Dämmerung herum, bis wir einen Hinweis zum Notausgang fanden. Es führte einen langen Gang hinunter bis zu einer Tür, die zum Glück leicht aufsprang. Keine Alarmsirene gellte auf. Kein Stacheldraht hielt uns zurück. Vielleicht wollte das Kraftwerk uns einfach nur los sein.

Draußen war es so dunkel, dass wir kaum die Umgebung sahen, nur die Umrisse des Waldes und der gewaltigen Kühltürme über uns. Aber wir fanden den Weg zurück zum Tor.

Hier musste der Jeep durchgefahren sein. Wir kletterten hinüber und folgten dem Kiesweg, der bald zu einer Straße mit Betonplatten wurde. Mit jedem Schritt, den wir uns vom Kernkraftwerk entfernten, wurde mir leichter ums Herz. Ich wollte gar nicht daran denken, dass wir eben noch durch den Schacht gekrochen waren.

Ein Meer von Sternen glitzerte über uns. Ich hatte sie noch nie so nah und strahlend gesehen. Je länger ich sie anschaute, desto ferner und zahlreicher schauten sie zurück.

»Trödel nicht«, sagte Lu.

Wir gingen nebeneinander, ich in der Mitte. Neben uns der Wald. Er schien uns mit großen Augen zu folgen. Aber es war nichts zu hören, und im Unterholz rührte sich nichts.

Nele nahm wieder meine Hand.

Wir sagten dann zwei Stunden lang nichts mehr. Es war wirklich unheimlich in diesem Nachtwald. Wir gingen aufs Geratewohl, denn einen Weg gab es nicht, wir sahen jedenfalls keinen. Wir sahen überhaupt nichts. Hörten nur seltsame Geräusche. Ein plötzliches Aufflattern oben in den Wipfeln. Das Knacken von Zweigen. Der ferne Schrei einer Eule. Oder war es ein verletztes Reh? Oder ein ausgesetztes Kind?

Wir gingen nah beieinander, was auch schwierig war, weil der Boden völlig uneben war. Mal trat man in eine Kuhle, dann stieß man gegen eine Wurzel. Wir taumelten die ganze Zeit gegeneinander. Mussten den Kiefern ausweichen, die plötzlich im Weg standen.

Endlich kamen wir auf einen Forstweg. Gingen ihn nach

rechts. Er musste uns doch aus dem Wald hinausführen. Aber so sicher war ich mir da nicht, und von Nele und Lu kam auch nichts Konstruktives.

Trotzdem, nach einer weiteren Stunde hatten wir den Waldrand erreicht und sahen über nächtliche Wiesen und Felder. Ganz hinten war ein Gehöft mit einer Pferdekoppel.

»Lasst uns da hingehen«, sagte ich. Nele und Lu waren zu erschöpft, um zu antworten.

»Ist euch auch so kalt?«, fragte ich die beiden.

Sie antworteten nicht.

Die Straße führte uns bis zum Hof, aber näher heran trauten wir uns nicht. Im Haus bellte ein Hund, unaufhörlich.

Ich deutete auf die Ställe daneben. Wir schlichen zur Tür, die mit einem uralten Riegel versperrt war. Er ließ sich leicht anheben. Wir schlüpften hinein.

Ein unruhiges Schnauben empfing uns. Hufe klapperten auf dem Boden. Ein Pferd wieherte leise, schüttelte sich.

Uns war so kalt, dass wir uns zu dritt in eine Box drängten. Nele versuchte, das Pferd zu beruhigen, doch es warf beständig den Kopf hin und her, beschnupperte uns misstrauisch. Wir legten unsere Hände auf sein Fell und flüsterten ihm Worte zu, die wir selbst gern gehört hätten. Ganz allmählich wurde es ruhiger.

»Wir setzen uns einfach hin«, sagte Nele. »Pferde treten einen nicht.«

Wir ließen uns langsam nieder. Wurden ruhiger. Horchten hinaus, aber dort regte sich nichts.

Irgendwann hörte auch das Hundegebell aus dem Wohnhaus auf. Irgendwann legte sich das Pferd hin, und wir spürten seine Wärme nah bei uns. Irgendwann hörte ich Neles tiefe Atemzüge an meiner Schulter. Und dann schlief ich auch ein.

26. KAPITEL

Jemand schüttelte mich an der Schulter, ich schlug die Augen auf und sah den riesigen Pferdekopf und das Gesicht eines Jungen. Beide schauten mich interessiert an. Das Pferd schnaubte. Es war ein heller Morgen. Wie lange hatten wir geschlafen? Nicht lang genug. Ich war noch immer todmüde, aber das Pferd war unruhig.

Der Junge sagte: »Ihr habt ja Nerven. Ihr werdet überall gesucht.«

»Verrat uns nicht«, sagte ich. »Wir gehen gleich weiter. Muss keiner wissen, dass wir hier waren.«

Er drehte sich um und pfiff leise. Die Stalltür fiel zu, und ein kleines Mädchen kam in die Box. Lange blonde Haare, Adidashose und noch ein Kleid darüber. Sie hatte die blauesten Augen, die ich jemals gesehen hatte.

»Ich hab sie gefunden«, sagte der Junge. »Ich kriege die Belohnung.«

Das Mädchen nickte, sie war einverstanden.

»Für uns gibt es eine Belohnung?« Nele war aufgewacht und streckte sich.

Auch Lu, der eben noch in Embryohaltung in der Ecke geschlafen hatte, regte sich.

»Dein Pullover ist schön«, sagte das Mädchen zu ihm.

»Danke«, sagte er und streichelte seinen Streifenpulli.

Das Pferd wurde ungeduldig, tänzelte hin und her, so viel Besuch hatte es sonst nicht in seiner Box.

»Ihr müsst frühstücken«, sagte der Junge. Ich schätzte ihn auf zwölf, er dachte schon strategisch. »Martha und ich holen euch was, aber meine Eltern dürfen euch nicht entdecken. Auf keinen Fall! Ihr müsst nach dem Frühstück verschwinden. Das mit der Belohnung war nur Quatsch. Wir würden euch nie verraten.«

Wir versprachen alles, was er wollte.

Ich nieste. Nele streichelte versunken das Pferd.

Dann kamen die beiden Kinder mit Brot, Tomatenscheiben und Wurst und Saft. Sie hockten sich zu uns, während wir das Essen verschlangen. Ich war noch nie so hungrig gewesen.

Der Junge betrachtete uns sorgfältig. Er bohrte dabei in der Nase. »Wir wissen alles von euch. Ihr seid die Besten. Aber ihr müsst euch von der Heide fernhalten. Alle wollen euch in die Heide locken.«

»Welche Heide?«

Er deutete mit dem Daumen über seine Schulter. »Die Kyritzer Heide, die fängt hier gleich an. Da darf man nicht hingehen, weil da noch Bomben liegen, von den Russen. Die sind da früher, als mein Vater klein war, immer mit Flugzeugen drübergeflogen und haben die Bomben abgeworfen. Niemand von uns geht da hin. Nicht mal zum Pilzesammeln. Jetzt gibt es da auch Wölfe. Das Mädchen, das ihr sucht, ist in die Heide gegangen. Sie ist nicht wiedergekommen.«

Nele verschluckte sich an ihrem Saft. »Hannah?«

Ich konnte selbst nicht glauben, was ich hörte. Er hatte Hannah gesehen? Er wusste, woher wir kamen?

»Erzähl mal, woher du das alles weißt«, sagte Lu.

Er sagte es auf die beiläufige Weise, wie man jemanden auf dem Schulhof fragt, ob man die Hausaufgaben bei ihm abschreiben kann.

Der Junge lächelte stolz. »Glaubt ihr, wir leben hier auf dem Mond? Wir haben auch Internet. Wir kriegen alles mit.«

»Die Polizei sucht uns im Internet?«, fragte Nele. »Weil wir in diesem Kernkraftwerk waren?«

Sie griff nach dem dritten Brötchen. Es war das letzte, ich war nicht schnell genug. Sie legte eine dicke Tomatenscheibe darauf und biss genüsslich hinein.

»Nicht die Polizei. Auf Youwatch. Wir dürfen es eigentlich nicht gucken«, sagte das Mädchen. »Aber es ist spannend. Die anderen sind auch nicht schlecht, aber sie streiten sich viel. Ihr seid nett zusammen. Und ihr verschwindet immer.«

Ich hatte keinen Schimmer, wovon sie redete.

»Was ist jetzt mit Hannah?«, fragte ich ihren Bruder. »Wann hast du sie gesehen? Woher kennst du sie überhaupt? Wohin ist sie gegangen?«

»Geht nicht in die Heide«, sagte er. »Geht nach Wittstock an der Dosse und nehmt den Zug.«

»Wir wollen eigentlich nach Gransee«, sagte Nele.

Er schüttelte den Kopf, seine Schwester mit ihm. »Viel zu weit! Das ist ganz woanders. Das schafft ihr nicht.«

Der Hund begann zu bellen.

Eine Männerstimme rief über den Hof: »Adrian! Martha!«

Die Kinder schraken zusammen. Sie schoben die Saftgläser und Teller unter das Stroh in der Ecke der Box.

»Wir kommen!«

Dann flüsterte der Junge: »Ihr müsst wirklich gehen. Bitte!«

Martha war schon auf dem Weg zur Stalltür.

Die Männerstimme klang jetzt bereits wütend. »Martha! Adrian! Antreten!«

Wir verfolgten durch einen Spalt, wie die beiden Kinder mit ihrem Vater einen Feldweg hinuntergingen. Der Hund lief neben ihnen, und der Junge schien auf ihn einzureden, um ihn von uns abzulenken.

Wir warteten noch eine Stunde, schlüpften dann aus dem Stall hinaus und rannten über den Hof auf die Straße.

Es war ein heller Tag. Die Sonne wärmte uns. Wir gingen, ohne uns groß abzusprechen, nach rechts. Ich hoffte, dass die Straße nach Wittstock an der Dosse führte. Und dass dort eine Bahn nach Berlin fuhr. Mir wurde leicht ums Herz. Wir hatten es wirklich fast geschafft. Dachte ich.

Lu sah das Polizeiauto als Erster. Er rannte los, ohne was zu sagen, wir folgten ihm instinktiv. Sprangen zu dritt in den Straßengraben und rollten uns hinter einen Baum. Das Auto fuhr an uns vorbei, Richtung Wittstock an der Dosse.

»Sie verfolgen uns tatsächlich«, sagte Nele. »Unglaublich. Nur weil wir in diesem Werk waren, machen die so einen Aufriss? Als hätten wir eine Bank ausgeraubt. Wahrscheinlich sind wir schon zur Fahndung ausgeschrieben.«

Ja, vielleicht hatte sie recht. Aber die Kinder kannten ja auch Hannah. Sie wussten, dass wir nach ihr suchten. Und sie sagten, dass sie in die Heide gelaufen war. Mir kam das alles komisch vor. Irgendetwas stimmte da nicht. Ich zerbrach mir den Kopf, aber ich fand einfach keine Lösung. Es hatte keinen Sinn. Wir mussten Hannah finden und dann ganz schnell nach Hause.

Wir machten uns wieder auf den Weg. Nun liefen wir zwischen zwei Feldern entlang.

»Wenn sie uns wirklich suchen, dann werden sie uns in Wittstock am Bahnhof erwarten«, sagte Lu. »Wohin sollen wir jetzt gehen?«

Ich hatte keinen Plan mehr. Erst mal bis zum Hain laufen, der vor uns auftauchte. Schritt für Schritt. Ich hatte die Hoffnung aufgegeben, dass wir Hannah noch finden würden. Selbst wenn sie in der vorigen Nacht schlafwandelnd in den Wald gelaufen war, wäre sie mittlerweile bestimmt auf und davon. Sie war nicht zurückgekehrt zum Waisenhaus.

Wir aber waren mitten im Nirgendwo. Liefen unter einem riesigen Himmel. Keine Landstraße mehr. Keine Polizei. Überhaupt keine Fahrzeuge. Seit dem Gehöft mit dem Pferdestall hatten wir kein Dorf mehr gesehen. Nur Felder. Wiesen. Vereinzelte Bäume, die in schmalen Reihen standen, als müssten sie aufeinander aufpassen.

Dahinter weitete sich das Gelände zu einer eigenartig verödeten Landschaft mit Büschen, ein paar Birken und Sandwegen. Eine Schranke versperrte den Autos die Weiterfahrt. Das konnte uns nur recht sein. Ein Schild mit roter Schrift warnte:

LEBENSGEFAHR!
Kampfmittel
Betreten und Befahren verboten!

»Das ist bestimmt diese Heide, in die wir auf keinen Fall gehen sollen«, sagte Lu.

Er warf sich ins Gras, als wollte er keinen einzigen Schritt weitergehen. Ging mir auch so. Wir waren genug gewandert. Stundenlang sinnlos herumgeirrt. Und jetzt saßen wir in der Falle.

Ein Surren kam über den Himmel. Ich hatte es in den letzten Tagen schon öfter gehört, vor allem nachts in den Wäldern. Aber auch am Wochenende über unserem Haus. Hatte nicht groß darüber nachgedacht, sondern es für Fledermäuse gehalten. Als ich jetzt im Tageslicht hinschaute, erkannte ich, dass es Drohnen waren. Mehrere von ihnen, sie kamen aus verschiedenen Richtungen und schwirrten über unsere Köpfe hinweg, so schnell, dass ich nicht richtig sehen konnte. Sie hatten eine helle Tarnfarbe, zudem bewegten sie sich im Gegenlicht der Sonne. Nur das Surren war deutlich zu hören.

»Hört ihr das auch?«, fragte ich.

»Das habe ich neulich schon gehört«, sagte Nele. »Als wir vom Kernkraftwerk weggegangen sind. Da war es aber total dunkel, ich hab es für Fledermäuse gehalten. Was sind das für Dinger?«

»Drohnen«, sagte Lu.

»Was machen die hier mit Drohnen?«, fragte Nele.

Wir suchten den Himmel ab, doch es war nichts mehr von ihnen zu sehen. Hatten wir sie uns bloß eingebildet? Oder fingen wir gerade an, gemeinsam durchzudrehen?

»Eher Überwachung«, sagte Lu. »Vielleicht testen sie eine neue Technik, um das Sicherheitsgefühl von Touristen in dieser Gegend zu erhöhen. Oder sie sind wirklich hinter uns her.«

Er lachte nervös. »Quatsch, alles Paranoia. Ich glaub nicht mal, dass die Polizei vorhin hinter uns her war. Das waren einfach nur die Kollegen auf Bummelfahrt, um den Dienst rumzukriegen.«

Zu meinem Sicherheitsgefühl trugen die Drohnen jedenfalls nicht bei, ob sie nun über unseren Köpfen surrten oder im Augenblick nicht mehr zu sehen waren. Wahrscheinlich lauerten sie irgendwo und würden gleich wieder hervorkommen. Ich witterte nach allen Seiten.

»Lasst uns weitergehen«, sagte ich.

»Nach Wittstock gehe ich aber auf keinen Fall«, sagte Nele. »Nur weil ein kleiner Junge uns mit Russen und Bomben und Wölfen zutextet. Das ist doch zig Jahre her.«

»Das mit den Wölfen ist aktuell«, sagte Lu. »Aber die gehen nicht auf Menschen los. Sie reißen Schafe, und das auch nur, wenn sie ganz schlimm Hunger haben und nichts anderes finden.«

»Wie zum Beispiel jetzt, nach dem langen Winter«, sagte Nele.

»Siehst du hier irgendwo Schafe?«, fragte ich.

»Nein«, sagte sie. »Hier gibt es keine Schafe. Das meine ich ja. Dann greifen sie vielleicht auch auf Menschen zurück.«

In diesem Moment sah ich sie über die Felder kommen. Ich konnte es nicht glauben. Brachte keinen Ton heraus. Ich hob einfach nur den Arm und zeigte auf die Felder, damit Nele und Lu sie auch sahen.

»Nein, das kann nicht sein«, sagte er.

»Das gibt's nicht«, sagte sie.

Aber sie war es. Sie war es wirklich.

Hannah.

Sie rannte auf uns zu.

Wir wollten ihr entgegenlaufen, doch sie winkte in heller Panik und rief uns zu: »Nicht über die Felder. Sie sind überall. Wir müssen in die Heide!«

Und dann sahen wir sie auch.

Sie waren hinter Hannah her.

27. KAPITEL

Anfangs waren es nur fünf oder sechs Gestalten. Sie gingen über einen offenen Acker in Hannahs Richtung. Der Boden dort musste tief sein, vielleicht durch Regen aufgeweicht, denn sie kamen nicht schnell voran. Hinter ihnen tauchten weitere auf, immer mehr. Sie nahmen alle den gleichen Weg, offenbar wussten sie genau, wohin sie wollten. Sie bewegten sich schleppend. Mühten sich, quälten sich voran. Wirkten seltsam kraftlos, aber doch zielstrebig. Ihr Ziel war eindeutig: Hannah.

»Wartet auf mich!«, rief Hannah uns zu. »Helft mir!«

Sie stolperte und fiel bäuchlings auf den Acker. Ihre Verfolger beeilten sich. Sie schlossen um einige Meter auf, aber Hannah rappelte sich wieder hoch. Sie sah schlimm aus. Ihr Anorak war völlig verschlammt, das Gesicht verkrustet von Erde, die Haare verfilzt. Die Leute, die hinter ihr her waren, sahen allerdings noch übler aus. Manche trugen ausgeleierte Funktionsjacken oder Arbeitskittel, andere Holzfällerhemden oder Lederwesten. Die Kleidung war verschlissen oder richtiggehend zerfetzt. Aber das war es nicht, was sie so schrecklich wirken ließ. Es waren ihre unnatürlich starren, eckigen Bewegungen. Langsam, aber kontinuierlich. Sie sahen aus wie Menschen, aber sie bewegten sich wie Roboter. Jetzt waren es schon zehn oder zwölf.

Und auf der anderen Seite der Straße sah ich eine weitere Gruppe auf uns zuhalten. Auch sie bewegten sich unkoordiniert. Sie wirkten nicht wie frische Wanderer oder austrainierte Zivilbeamte, sondern eher wie Verletzte, die aus einem Krankenhaus kamen. Vorzeitig entlassen. Menschliche Wracks. Ihre Gesichter waren ausdruckslos, soweit ich das aus dieser Entfernung sehen konnte. Allerweltsgesichter, Männer und Frauen mittleren Alters, ein Durchschnitt der Brandenburger Bevölkerung. Auch Kinder waren dabei. Bei ihnen wirkten die ausdruckslosen Bewegungen besonders furchtbar.

Hannah kam näher, aber auch die beiden Gruppen, die sie verfolgten, rückten nach. Eine dritte und eine vierte Gruppe tauchten jetzt rechts und links von uns auf, und diese Leute versuchten, Hannah den Weg zu uns abzuschneiden.

Am schlimmsten war, dass sie nichts sagten. Nicht ein einziges Wort. Aber man hörte sie angestrengt atmen. Man hörte sie röcheln und keuchen. Auch von ihnen stolperten manche und gingen mit einem verärgerten Grunzen zu Boden. Aber sie fluchten nicht. Sie baten nicht um Hilfe. Sie rappelten sich wieder auf und folgten ihrer Gruppe.

Lu stand da wie erstarrt. Wenn ich jemals einen Menschen gesehen habe, dessen furchtbarster Albtraum Wirklichkeit geworden war, dann war es dieser Junge in diesem Moment.

»Was ist hier los?«, fragte ich ihn. Wenn überhaupt jemand die Antwort wissen konnte, dann er. Wenn einer von uns kompetent mit dieser Situation umgehen konnte, dann doch wohl er. Aber er sagte kein einziges Wort. Drehte nur fortwährend den Kopf, um all die Gestalten, die auf uns zukamen, im Blick zu behalten.

Nele war Hannah entgegengelaufen. Hannah fiel ihr in die Arme und begann sofort, haltlos zu heulen. Ihre ganze Panik schien sich jetzt zu lösen. Sie musste Todesangst ausgestanden haben. Aber es war noch nicht vorbei. Gleich hatten sie uns alle. Ich packte Lu bei den Schultern und schüttelte ihn.

»Sag mir, was hier los ist!«, schrie ich.

Endlich kam er zu sich. »Lieber nicht«, antwortete er. Seine Stimme war ein ungläubiges Flüstern.

»Was wollen die von uns? Was sollen wir tun?«

Er verzog seinen Mund zu einem Hasenzähnegrinsen. »Ein Teil der Antwort könnte dich verunsichern.«

Wir liefen zu Nele und Hannah. Es war wirklich Hannah, die da vor mir stand. Ich konnte es immer noch nicht glauben, aber das war jetzt auch egal.

»Wir müssen hier weg!«, rief Lu. »Es werden immer mehr, und wir haben keine wirksamen Waffen.«

Nele stieß ihm beide Hände gegen die Brust. »Du hast gesagt, du hättest alle erledigt. Du hast gesagt, du kriegst das wieder hin. Hast du oder hast du nicht? Du Schwätzer!«

Er stolperte rücklings und fiel hin, ehe er antworten konnte.

Ich packte Nele am Arm: »Was machst du denn? Streiten könnt ihr später! Wir müssen hier weg!«

Die Gestalten hatten uns jetzt so gut wie umzingelt. Immer noch kam kein Wort aus ihren Mündern. Nur ein heiseres Atmen, ein angestrengtes Keuchen. Diese Laute vermischten sich mit dem hellen, maschinellen Surren der Drohnen, die jetzt wieder über uns schwirrten. Manche von den Leuten hielten erstaunt inne, als sie das Geräusch vernahmen, und hoben die Köpfe. Deuteten mit schlaffen Händen nach oben. Dann besannen sie sich wieder auf die Jagd und drängten vorwärts.

Man konnte nun auch ihre Gesichter erkennen, es war ein grauenvoller Anblick. Die Mienen waren verzerrt und trotzdem ausdruckslos. Abgesehen von einer animalischen Gier, die in allen von ihnen lauerte. Sie streckten ihre Hände vor, als fürchteten sie ständig, hinzufallen. Die Augen waren blutunterlaufen. Die Haare total verfilzt.

Hannah weinte immer noch. »Sie sind mir seit Stunden auf den Fersen, und es werden immer mehr. Sie sind so abartig!«

Ich war mir sicher: Das würde uns niemand glauben. Niemand. Wenn wir erzählen würden, was wir hier sahen, würde man uns für den Rest unseres Lebens in eine Anstalt sperren. Wenn das überhaupt noch nötig wäre. Der Rest unseres Lebens war soeben angebrochen. Jetzt waren die Leute nur noch zehn Meter von uns entfernt. Der Kreis hatte sich fast geschlossen. Es waren annähernd hundert dieser Gestalten.

»Rennt, Leute!«, rief ich, riss Lu vom Boden hoch, gab Nele und Hannah einen Stoß, um ihre Schockstarre zu lösen. »Rennt um euer Leben!«

Wir sprinteten auf die letzte Lücke zu: die Schranke zum Sandweg. Wir hatten das Glück, dass zwei der Gestalten, die sich gerade daranmachten, diesen Raum zu schließen, sich in ihrem Eifer gegenseitig behinderten und dabei zu Boden gingen. Wir sprangen über sie hinweg. Wenn wir erst mal rannten, waren wir viel schneller als sie.

In unserem Rücken hörte ich ein enttäuschtes Murren aus vielen Kehlen. Ein gemeinsames Aufstöhnen. Aber dann machten sie sich wieder auf den Weg. Unbeirrbar.

Wir liefen in die Heide hinein. Wir hatten keine Wahl. Es gab keinen anderen Weg. Bei einem letzten Blick über die Felder und Äcker sah ich, dass aus allen Richtungen Verstärkung für die Verfolger kam. Hunderte und Aberhunderte dieser Gestalten in elenden Klamotten und in übler körperlicher Verfassung. Es war ein dermaßen irrer Anblick, dass ich an meinem Verstand gezweifelt hätte, wenn es jetzt nicht vor allem darum gegangen wäre, ihnen zu entkommen. Ich wollte mich gerade wieder umdrehen, da blieb mein Blick an einem rosa Kleidchen hängen. Es fiel auf, denn die anderen Gestalten waren alle irgendwie grau oder graubraun, sogar die Gesichter waren fahl und grau.

Aber dort, kein Zweifel: Da stand die kleine Prinzessin vom Straßenrand. Sie stand da und winkte mir zu, genau so, wie sie auf unserer Fahrt nach Altglobsow gewinkt hatte, die Miniprinzessin im Arm. Um sie herum waberten die anderen Gestalten, aber sie schien sie nicht wahrzunehmen. Sie winkte immer weiter, irgendwie mechanisch, und auch jetzt lächelte sie kein bisschen. Und obwohl sie viel rosiger und netter wirkte als die gruseligen Gestalten um sie herum, ließ mich ihr ausdrucksloses Gesicht das eine Wort denken, das ich die ganze Zeit verdrängt hatte: Zombie.

Lu schüttelte mich, und ich kam endlich wieder zu mir. Wir schlüpften unter der Schranke hindurch, die den Beginn des

Sperrgebiets kennzeichnete, und liefen den Sandweg hinunter, in die eigenartig öde und trotzige Landschaft hinein. Ich spürte wieder die Beule an meiner Leiste und hoffte, dass sie sich nicht durch das Laufen vergrößerte. Hektisch sahen wir uns um.

Vor der Schranke hatte sich ein Klumpen von Leuten gebildet. Sie waren einfach zu dumm, um drüberzuklettern, unten durchzukriechen oder an der Seite vorbeizuschlüpfen. Doch die Schranke konnte sie nicht lange aufhalten. Unter dem Gewicht der sechzig, siebzig, achtzig drängenden Körper brach sie schließlich aus ihrer Verankerung und gab den Weg frei. Die Gestalten stürzten als Knäuel übereinander, krochen auf dem Boden herum und standen mühsam auf. Dann orteten sie uns und nahmen die Verfolgung wieder auf.

»Ich will nach Hause«, sagte Nele.

Sie sprach uns allen aus der Seele.

»Ihr habt es doch bald geschafft«, sagte Hannah.

Lu blieb stehen: »Wieso ›ihr‹? Was ist eigentlich los mit dir? Willst du nicht nach Hause?«

Hannah antwortete nicht, sie lächelte nur und lief leichtfüßig neben uns her. Wir legten einen guten Abstand zwischen uns und die Verfolger. Lu schaute sich beim Laufen immer wieder um, als könnte er einfach noch nicht fassen, was er gerade erlebte.

»Wir dürfen auf keinen Fall vom Weg abkommen«, sagte Hannah. »Ich hatte so ein Glück, euch zu treffen. Sonst hätten sie mich gekriegt.«

»Heute Morgen hat eine Junge uns davor gewarnt, in die

Heide zu gehen«, sagte ich. »Er hat was von Bomben und Granaten erzählt, die hier noch rumliegen sollen.«

»Kann sein«, sagte Hannah. »Man soll auf den Wegen bleiben. Auch wegen der Wölfe.«

Mir kam das alles viel zu leichtfertig vor. Adrian war es wirklich ernst damit gewesen.

Ich schaute mich beständig nach allen Seiten um, ob nicht vielleicht aus der offenen Heide ein Angriff der Gestalten kam. Vielleicht erwarteten sie uns in einem unübersichtlichen Gebiet. Aber noch war nichts von ihnen zu sehen, auch hinter uns war niemand mehr, nur die spröde Ödnis der Heide.

»Kennst du dich hier aus?«, fragte ich. Doch Hannah gab keine Antwort, sie schaute auf ihre Füße.

Nele zog sie am Ärmel. »Wo warst du überhaupt? Wir laufen seit Tagen durch die Gegend, um dich zu finden.«

Hannah lächelte, halb schuldbewusst, halb geschmeichelt. »Das ist total lieb von euch. Ich habe es in dem Haus einfach nicht mehr ausgehalten. Ich wollte nur noch weg.«

»Was war denn passiert?«

»Bei meinem letzten Durchgang mit *ilinx* bin ich in der Matratzenkammer aufgewacht. Als kleines Kind. Keine Eltern, keine Verwandten, jemand hatte mich in diesem Waisenheim abgegeben. Ich habe mich gewehrt, habe geschrien und um mich getreten. Sie haben mich in die Matratzenkammer gesteckt. Stundenlang. Tagelang. Ich hab in die Hose gemacht. Hab mich gekratzt. Hab meine Fäuste an der Tür blutig geschlagen. Sie sind nicht gekommen. Das war meine letzte Sequenz mit *ilinx*. Es war echt überzeugend, beängstigend real. Und plötzlich wusste ich es: Das ist wirklich meine Vergangenheit. Ich konnte mich bloß nicht daran erinnern. *Ilinx* weiß alles über mich, mehr als ich selbst.«

»Du hast es nicht gewusst?«, fragte Nele und legte einen Arm um Hannahs Schultern.

Sie blieb stehen. Wir alle hörten ihr zu.

»Ich habe es nicht gewusst, echt nicht. Vielleicht verdrängt oder abgespalten. Meine wirkliche Vergangenheit. Nicht das, was meine Eltern mir dauernd erzählt haben. Wie toll es war, als ich ein kleines Kind war. Unsere Ferien in Dänemark, Frankreich. Italien. Wie niedlich ich mit zwei ausgesehen habe. Die lustige Geschichte, als ich mir eine Perle in die Nase gesteckt hab, die dann ein Arzt rausholen musste. Alles gelogen! Sie sind nicht meine Eltern, sie müssen mich später aus dem Heim rausgeholt haben. Mit drei habe ich nicht niedlich ausgesehen, sondern mit aufgekratzten Armen in der Matratzenkammer gesessen. Und *ilinx* hat mich wieder dahin zurückgebracht. Deshalb musste ich weg. Verstehst du?«

Nele sagte: »Du hättest uns zumindest Bescheid sagen oder eine Nachricht hinterlassen können. Wegen dir sind wir nicht nach Berlin zurückgefahren.«

Lu sagte nichts dazu. Er musterte Hannah aus den Augenwinkeln, und es war kein freundlicher Blick.

28. KAPITEL

Wir brauchten drei Stunden bis Wittstock, und die letzte Stunde regnete es in Strömen. Verdammter April. Wir waren klatschnass. Vielleicht hätten wir den Weg abkürzen können, aber wir wollten nicht querfeldein durch die Heide laufen. Wenn wir in bewohnte Gebiete kamen, mieden wir die Ortschaften und Häuser. Über uns surrten gelegentlich immer noch die Drohnen.

»Ich hab an den Türen gebettelt, als ich allein unterwegs war«, sagte Hannah einmal.

Doch zu viert war das aussichtslos, zumal wir mittlerweile nicht besser aussahen als die Gestalten, die uns vor der Heide verfolgt hatten. Egal. Wir fanden den Weg nach Wittstock und liefen bis zum Bahnhof. Fünf, sechs Leute warteten auf dem Bahnsteig bereits auf die Regionalbahn. Sie nahmen keine Notiz von uns. Ich musste inzwischen andauernd niesen. Fühlte mich wirklich nicht gut. Fiebrig und zittrig. Die Stimmung war eh ganz unten.

Nele war mit Hannah gegangen, sie hatten sich aber kaum unterhalten. Lu und ich waren nebeneinander gelaufen, ohne ein Wort zu wechseln. Wir hatten genug damit zu tun, durch den kalten Regen zu schlurfen, Hunger zu haben und ständig zu niesen. Und ich war dankbar, dass er mir blöde Ratschläge ersparte und selbst nicht herumjammerte.

Wir warteten auf den Zug. Es regnete immer noch. In meinem linken Fuß hatte ich mittlerweile kein Gefühl mehr. Nele kam einmal rüber und fragte, wie es mir gehe. Ich winkte einfach nur ab. Sie wollte mich in den Arm nehmen, aber ich drehte mich weg, weil ich niesen musste.

»Sorry«, sagte ich.

»Schon gut«, sagte sie.

Aber es war natürlich nicht gut.

Als der Zug endlich kam, fiel mir ein, dass wir keine Fahrkarten hatten. Aber es war mir letztlich auch gleichgültig. Vielleicht wurden wir ja nicht kontrolliert. Oder die Schaffnerin hatte ein Einsehen. War nett und ließ uns weiterfahren.

Sie war leider überhaupt nicht nett. Nach fünf Minuten kam sie in unseren Wagen und wollte die Fahrkarten sehen. Wir kramten vergeblich in unseren nassen Jackentaschen. Ich war so fertig, dass ich fast in Tränen ausgebrochen wäre. Die Zugbegleiterin stand eiskalt vor uns und wartete. Sie wusste ganz genau, dass wir keine Karten hatten.

»Ich hab Fieber«, sagte ich.

»Schön für dich«, sagte sie. »Die Fahrkarten, bitte.«

Vermutlich bekam sie ein Kopfgeld für jeden Schwarzfahrer. Die anderen Passagiere beobachteten uns mit einer Mischung aus Mitleid und Verachtung, die ich früher in der U-Bahn auch hatte, wenn ein Schwarzfahrer erwischt wurde.

»Wir wollten ja Karten ziehen«, sagte Hannah. »Aber der Fahrkartenautomat war kaputt.«

»Wo seid ihr denn eingestiegen?«

»In Wittstock.«

»Das stimmt«, sagte ein Mann mit Hansa-Rostock-Kappe, der mit uns eingestiegen war. »Der Fahrkartenautomat da ist kaputt, und zwar schon seit Wochen.«

Die Zugbegleiterin wendete sich ihm zu. »Das heißt, dass Sie auch schwarzfahren?«

Der Mann hielt eine Monatskarte hoch. Die Schaffnerin kontrollierte sie minutenlang, konnte aber keinen Fehler entdecken. Dann kam sie zu uns zurück. Ein wandelnder Gefrierschrank.

»Ich lasse mal Gnade vor Recht ergehen. Ihr könnt bis zur nächsten Station mitfahren, dort steigt ihr aus und zieht euch eine Fahrkarte. Dann könnt ihr den nächsten Zug nehmen.«

Ich hatte mittlerweile Schüttelfrost, die Zähne schlugen mir aufeinander. Wenn wir in Neuruppin gleich wieder ausstiegen, müssten wir mindestens zwei Stunden auf den nächsten Zug warten.

»Wir müssen aber nach Berlin«, sagte Hannah.

»Wir haben Hunger«, sagte Lu.

»Lassen Sie die Kinder doch nach Hause fahren«, sagte der Hansa-Rostock-Mann mit der Monatskarte.

Die Zugbegleiterin schnaubte bloß. »Das geht Sie überhaupt nichts an. Ich habe tagtäglich mit diesen Jugendlichen zu tun, die ohne Fahrkarten einsteigen und dann das Blaue vom Himmel herunterlügen.«

Ich nieste wieder.

»Aber Sie sehen doch, dass es dem Jungen nicht gut geht«, sagte der Hansa-Rostock-Mann. »Der gehört ins Bett.«

»Der verbreitet hier Krankheiten«, sagte eine ältere Frau neben ihm. »Der hustet und niest hier rum und steckt uns alle an mit seinen Viren. Und so, wie die anderen aussehen, haben sie auch die Krätze. Das ist unverantwortlich, diese Jugendlichen in unseren Zügen mitfahren zu lassen. Dazu noch kostenlos! Da kommt man sich wirklich als Bürger zweiter Klasse vor.«

»Stellen Sie sich mal nicht so an«, sagte der Mann. »Hier ist doch genug Platz für alle. Der Zug ist in zwei Stunden in Spandau, dann sind wir sie los.«

»Die beschallen uns bestimmt gleich mit ihrer kranken Musik«, warf ein weiterer Fahrgast ein. »Smartphones haben sie ja alle, aber Fahrkarten können sie sich nicht kaufen. Außerdem legen sie die Füße auf die Sitze, wenn niemand hinguckt. Und der Bahn ist das egal, weil sie zu feige ist, mal durchzugreifen. Das ist echt beschämend.«

»Das ist uns nicht egal«, sagte die Schaffnerin.

»Brandenburg schafft sich ab«, sagte die ältere Frau. »Früher hätte es das nicht gegeben. Da galten Gesetze noch was.«

»Also, ihr steigt an der nächsten Station aus«, sagte die Zugbegleiterin zu uns. »Keine Diskussion. Wenn ich euch noch mal ohne Fahrkarten erwische, habt ihr mit einer Anzeige zu rechnen.«

Nach zwanzig Minuten erreichten wir Neuruppin-West. Die Zugbegleiterin hatte in einem anderen Wagen zu tun und konnte sich nicht um uns kümmern.

Wir sahen den regennassen Bahnsteig draußen. Ich verspürte überhaupt keine Lust, auszusteigen und mich an den Fahrkartenautomaten zu begeben, zumal wir ja wirklich kein Geld dabeihatten. Hannah schaute Nele an, Nele Lu, der stupste mich an, ich nieste, und wir blieben sitzen. Ein Trupp Neuruppiner Jugendlicher stieg ein und nickte uns im Vorbeigehen zu.

Als der Zug wieder anfuhr, sagte die ältere Frau mit bitterem Triumph in der Stimme: »Sie sind natürlich nicht ausgestiegen. Typisch. Hätte ich dir gleich sagen können. Die kommen hier rein, zahlen nicht, verbreiten Krankheiten und bleiben einfach, auch wenn sie nicht mehr geduldet werden.«

Ihr Mann stimmte ihr zu. »Man müsste sie einfach aus dem fahrenden Zug setzen. Ein für alle Mal. Wer nicht hören will, muss fühlen.«

Die Zugbegleiterin kam in unseren Wagen zurück, sah uns immer noch auf den Plätzen sitzen und ignorierte uns zunächst. Sie ließ sich die Fahrausweise der Neuruppiner Jugendlichen zeigen.

Das Ehepaar wies sie unmissverständlich darauf hin, dass wir unseren kriminellen Weg nach Berlin einfach fortsetzten. »Weil Sie keinen Arsch in der Hose haben! Weil Sie sich hier am Nasenring durch die Manege ziehen lassen!«

»Wir sind ja gleich in Neuruppin Rheinsberger Tor«, sagte die Zugbegleiterin.

»Ich hoffe, dass Sie jetzt mal mit harter Hand durchgreifen«, sagte die ältere Frau. »Uns hat man auch nichts geschenkt.«

Die Schaffnerin baute sich vor uns auf. »So, jetzt mal aufstehen, alle Mann. Wir sind in drei Minuten am Rheinsberger Tor, und da steigt ihr aus. Oder ich hole die Polizei und erstatte Anzeige.«

Wir standen mechanisch auf. Mir war schwindlig, aber ich wollte nichts sagen.

»Dann lassen Sie mich bitte mal telefonieren«, sagte Hannah. »Damit wir abgeholt werden.«

Die Schaffnerin zeigte ihr stumm einen Vogel.

Wir wankten in Neuruppin aus dem Zug, es war niemand weit und breit zu sehen. Hannah lief unruhig hin und her, versuchte vorbeifahrende Autos anzuhalten.

»Lassen Sie mich mal telefonieren!«, rief sie den Autofahrern zu, doch die gaben nur Gas, um schneller aus Neuruppin wegzukommen.

»Wen willst du denn anrufen?«, fragte Lu, aber Hannah gab keine Antwort. »Meinst du, die holen uns aus Berlin ab? Das dauert doch Stunden!«

»Er ist unterwegs«, sagte Hannah. »Frag nicht, du wirst sehen, ich finde es ja selbst nicht gut.«

Ich hatte jetzt dauernd Schmerzen in der Leiste, das musste vom Sturz aus dem Lüftungsrohr stammen. Und ich hatte Fieber. Je länger ich im Regen stand, desto schummeriger wurde mir, ich wollte mich eigentlich nur noch irgendwo anlehnen und die Augen schließen.

»Wer ist unterwegs?« Nele baute sich vor Hannah auf, die blaue Farbe löste sich im Regen aus ihren Haaren und rann über ihr Gesicht.

Hannah lachte entschuldigend. »Ihr werdet sehen.«

Sie lief auf einen Mann mit Hund zu und schaffte es, dass er ihr sein Handy lieh. Sie telefonierte abgewendet von uns.

Kam dann über die Straße zu uns zurück. »Zwanzig Minuten, hat er gesagt. Er hat wirklich in Altglobsow auf euch gewartet.«

Nele strich sich das Haar aus dem Gesicht und fixierte Hannah, ohne ein Wort zu sagen.

Wir warteten. Zwanzig Minuten. Dann fuhr ein Kleinbus auf dem Parkplatz vor, den wir alle kannten. Hinter dem Steuer grüßte mit zwei gespreizten Fingern ein Mann, den wir ebenfalls alle kannten: Ulf. Der Supertopcheckerchiller Ulf in Designeranzug und T-Shirt. Mit bläulich getönter Sonnenbrille, die er in die Haare geschoben hatte. Er freute sich richtig, uns zu sehen.

»Na, ihr Rumtreiber«, sagte er. »Wir haben ja ewig nach euch gesucht. Aber jetzt geht's gleich ab ins Studio. Die warten schon alle auf euch. So geil, ich freu mich echt.«

29. KAPITEL

Hier stimmte überhaupt nichts mehr. Mir war das alles zu viel. Ich fror und nieste. Im Bus war es übermäßig warm. Nele und Lu tauschten verwunderte Blicke, aber ich kuschelte mich einfach an die Lehne meiner Sitzbank und schlief ein, nachdem Ulf eine Tüte mit Stullen und was zu trinken herumgereicht hatte.

Ich wachte erst auf, als wir schon auf der Autobahn kurz vor Berlin waren. Wir fuhren wie vor drei Tagen über die Prenzlauer Promenade in die Stadt hinein. Dennoch kamen mir die Tankstellen, die Supermärkte, die Plattenbauten jetzt total fremd vor. Drei Tage erst sollte das her sein? In dieser Zeit war ich durch die seltsamsten Welten gewandert. Aber jetzt wollte ich nur noch nach Hause. Ich konnte mir vorstellen, dass meine Eltern sich mittlerweile furchtbare Sorgen machten, wo ich abgeblieben war.

»Seid ihr alle wach?«, fragte Ulf. »Wir machen noch einen kleinen Schlenker in unser Studio am Alex. Wir haben da was für euch vorbereitet.«

»Ich muss nach Hause«, sagte Nele. »Meine Eltern drehen sicher schon am Rad.«

»Meine auch«, sagte ich.

»Und meine erst«, sagte Lu.

Ulf lachte verständnisvoll. »Eure Eltern sind so stolz auf

euch, da könnt ihr sicher sein. Wir von Lautier Riyal TV haben sie natürlich eingeladen, um diesen besonderen Moment mit uns zu sharen. Wir haben sie nicht im Regen stehen lassen, als ihr am Sonntag nicht zurückgekommen seid. Natürlich haben wir ihnen Bescheid gegeben, ihnen die Hintergründe erklärt. Es war ein bisschen Überzeugungsarbeit, aber als sie unser Projekt kennengelernt haben, waren sie echt beeindruckt.«

»Lautier Riyal TV? Was für ein Projekt?«, fragte ich. »Meine Eltern wissen überhaupt nicht, wo ich bin, ich habe denen nichts von euch erzählt.«

Ulf gab keine Antwort mehr, er steuerte unseren Kleinbus durch den heftigen Abendverkehr am Alexanderplatz. Der Fernsehturm ragte wie eine übergroße Betonnadel in den Abendhimmel. Gruppen mit Regenschirmen liefen durch den Aprilregen. Eine Straßenbahn schrillte knapp vor uns. In meinem Kopf begannen sich die verschiedenen Welten zu drehen. Das Straßenbahnklingeln erinnerte mich an die Subway in New York, an das Gedränge, in dem ich Mia gesehen hatte, und zugleich an die Baumstämme, zwischen denen ich den roten Schal von Hannah hatte verschwinden sehen, als sie noch ein kleines Mädchen war und ich eine Krähe, die ihr nachflog. So muss es sich anfühlen, wenn man verrückt wird.

»Ich muss echt nach Hause«, sagte ich.

Nele flüsterte nach einer Weile: »Lautier Riyal TV ist ein Anagramm von Virtual Reality.«

»Genau«, sagte Ulf. »Das sind die, die *ilinx* entwickelt haben. Und ihr seid die, die *ilinx* in den letzten Tagen echt groß gemacht haben. Innerhalb von drei Tagen habt ihr eine Fanbase generiert, von der andere ihr Leben lang nur träumen.«

Ich verstand kein Wort mehr. Ich hatte wabernde Kopfschmerzen, eine schmerzende Beule in der Leiste und wollte nur noch ins Bett. Aber das war hier offenbar nicht vorgesehen.

Er stellte den Motor aus. Wir waren in einer Tiefgarage. Hannah sagte: »Nun freut euch doch mal. Es ist echt ein besonderer Auftritt! Hier steckt Herzblut drin.«

Über einen Fahrstuhl brachten sie uns in eine Umkleide, wo eine Maskenbildnerin uns anschaute. Wir sahen echt schlimm aus, die Klamotten waren nach der zweitägigen Wanderung total hin. Aber sie fand das super.

»Das lassen wir so«, sagte sie. »Das ist ein total authentischer *touch*. Direkt aus der Wildnis. *Out of the wild*. Geil. Auch die Gesichter. So etwas kann man gar nicht schminken. Total erledigt und trotzdem erleichtert. Ich würde sie gleich so ins Studio schicken.«

»Was für ein Studio?«, fragte Lu.

»Überraschung«, sagte Ulf. »Big surprise!«

Er schob uns durch einen Gang und stieß dann eine Tür auf. Scheinwerferlicht blendete uns. Applaus brandete auf. Das Studiopublikum klatschte und trampelte mit den Füßen. Sie wirkten ehrlich begeistert, uns zu sehen.

»Die Heroes aus den Brandenburger Wäldern«, sagte ein Moderator mit sonorer Stimme. »Willkommen zurück in der Zivilisation. Zurück in der Realität. Ihr habt uns in den letzten Tagen alle zu euren Fans gemacht. Unglaublich, was ihr geleistet habt!«

Wir wurden unter dem prasselnden Applaus zu einer runden Bank geführt. Dort saßen bereits Lilly und Alex. Sie standen auf, um uns zu umarmen. Aber sie sahen ziemlich sauer aus. Das Publikum verfiel, angeführt von firmeneigenen Einklatschern, wieder in einen rasenden Taumel.

»Wahnsinn«, sagte der Moderator. »Echt einfach nur wow. Einfach der pure Wahnsinn. Gänsehaut.« Breites Lachen, bei dem er seine sämtlichen Zähne zeigte. Er trug ein glitzerndes Jackett, darunter ein T-Shirt mit dem Schriftzug *ilinx – die ultimative Erfahrung*. Das stand übrigens auch auf der Studiowand hinter uns: *ilinx – die ultimative Erfahrung*.

»Ulf, erzähl doch mal«, sagte der Moderator, als wir alle Platz genommen hatten. »Wie hat das eigentlich angefangen mit *ilinx* und Lautier Riyal TV? Und wie habt ihr es geschafft, diese unfassbare Show auf die Beine zu stellen? Ich meine, *Lost Girl* ist die coolste Sendung im Internet-TV, das hat es so ja noch nie gegeben.«

Ich konnte das Publikum nicht sehen, da die Scheinwerfer zu sehr blendeten. Außerdem fuhren zwei Kameras zwischen den Leuten hin und her. Auch Nele und Lu sahen völlig überrumpelt aus. Sie hockten da wie verschreckte Kaninchen. Hannah allerdings sonnte sich geradezu im Licht der Scheinwerfer. Sie lächelte Ulf bewundernd an, der sich lässig auf seinem Sessel rekelte, während er erzählte.

»Zunächst möchte ich sagen, wie happy ich heute Abend bin. Wie dankbar, dass ich Teil einer wirklich einzigartigen Show sein darf. Die echten Stars sitzen aber vor euch: Nele, Jan und

Lu.« Er machte eine bescheidene Geste, mit der er uns wieder dem Applaus des Publikums auslieferte. »Okay, also wir hatten *ilinx*. Ein Spiel, das es so noch nie gegeben hat. Mehr als ein Spiel – eine Erfahrung. Wir wussten, das wird eine ganz große Sache. Aber wie positionieren wir das auf dem Markt? Da hatte ich die Idee, dass wir uns Jugendliche suchen, die das mal durchspielen. Ganz normale Berliner Jugendliche, die bereit wären, mit dem Spiel ein Wochenende draußen in Brandenburg zu verbringen. Wir wollten nicht unbedingt Gamer haben, sondern einfach neugierige, wache Leute, die sich mit *ilinx* in die virtuellen Realitäten geben wollten. Natürlich sollten sie auch nicht so schlau sein, dass sie mitkriegten, dass wir sie die ganze Zeit dabei filmten.«

Hier musste das Publikum dröhnend lachen. Ulf lächelte selbst ein wenig. Und wir saßen da und sahen nicht besonders schlau aus. Auf der Studiowand wurde unser Kaminraum eingeblendet. Nele, Hannah und Lilly saßen da mit der Rift vor den Augen, Kopfhörer auf. Wir anderen auf der Couch daneben, ich langte gerade in die Tüte Chips, schob mir welche in den Mund. Ich sah einfach nur bescheuert aus.

Das Bild war gestochen scharf, es gab verschiedene Kameraeinstellungen und Aufnahmewinkel. Also mussten sie mehrere Kameras installiert haben. Wie konnte es sein, dass wir nichts davon mitbekommen hatten? Wir waren wohl wirklich »nicht so schlau«.

»Wir haben den Raum vorher präpariert«, sagte Ulf und kratzte sich selbstzufrieden an der Schulter. »Aber wir hatten technisch ja noch wesentlich mehr drauf. Hier mal ein anderes Beispiel, ihr habt es bestimmt schon alle gesehen.«

Jetzt wurde ein Porträt von Lu gezeigt, wie er nachts allein mit offenem Mund auf der Couch saß, total verstrickt in seine Zombiewelt. Und diese Zombiewelt wurde jetzt auch eingeblendet, es war echt fantastisch. Man konnte sehen, was Lu sah: Zombies in ihren Gefängniszellen, wie sie nach Hirn gierten. Die Fütterung. Das Rütteln an den Stäben. Die Gier in den Augen und das heisere Röcheln. Es wirkte absolut echt.

»Wir haben von jedem der Teilnehmer präzise Profile erstellt. Wie sehen sie sich selbst? Was lieben sie, was hassen sie, wovor fürchten sie sich, wonach sehnen sie sich? Yadda yadda. Die vier Durchgänge beim Casting waren nur dafür da, um genügend Daten aus ihnen herauszuholen. Zum Beispiel Jan mit der Wüste – okay, soll er haben. Wir haben die besten Wüstenbilder besorgt und zu einem Kosmos zusammengerendert, der nichts zu wünschen übrig ließ. Oder, Jan?«

Ich schüttelte den Kopf. »Es war super«, sagte ich. »Es war das Beste, was ich bisher erlebt habe. Ich bin müde. Ich möchte mit meinen Eltern telefonieren. Ich hab Fieber.«

Das Publikum murrte. Ulf lachte trocken, als hätte ich einen Scherz gemacht. Der Moderator ging nicht darauf ein, sondern redete einfach weiter. »Was dieses Projekt so speziell machte, war ja nicht nur die Begleitung der Jugendlichen mit Kameras, sondern dass die Bilder live ins Internet gegeben wurden. Die sechs jungen Leute saßen nichts ahnend in diesem Waisenhaus in Brandenburg und konnten gleichzeitig von Tausenden von

Leuten im Internet auf dem Live-Channel Youwatch beobachtet werden! Ab der Ankunft der Gruppe am Freitagnachmittag.«

Ulf nickte, wieder ganz der Profi, während Bilder von unserem gemeinsamen Essen gezeigt wurden, von den Schlafplätzen. Die dunklen Gänge im Haus. Selbst als wir schliefen, liefen die Kameras mit. Sie wachten über uns.

»Das Ding ging irgendwie gleich viral durch die Decke«, sagte Ulf. »Wir haben das natürlich ein wenig mit angestoßen, klar. Aber dann sprach es sich herum, und spätestens Samstag saßen nicht nur Tausende, sondern Zehntausende vor ihren Laptops oder Smartphones und schauten sich an, was die Jugendlichen da so machten. Und am Sonntag noch mehr.«

»Weil es am Sonntag erst richtig begann«, sagte der Moderator. »Von da an hieß die Show *Lost Girl*, und wir alle wollten wissen, ob sie Hannah finden.«

Sie zeigten Bilder von uns, wie wir ratlos auf den Stufen vor dem Haus saßen und auf Ulf warteten. Wie wir uns umarmten und dann in zwei kleinen Gruppen loszogen.

»Hier mal ein großes Lob an Hannah«, sagte Ulf. »Wir brauchten jemand, die die Prozesse der Gruppe vor Ort steuern konnte. Nicht zu sehr. Ganz unauffällig. Hannah war super. Vor allem ihr Auftritt als Schlafwandlerin. Das war schon echt großes Kino!«

Auch davon wurden Bilder eingespielt, sie wirkten gespenstisch im schwachen Licht. Das Bild war unheimlich körnig. Aber ich konnte mich selbst erkennen, wie ich sie beobachtete und beinahe angesprochen hätte.

»Und dann musste ich sie rauslocken in den Wald«, sagte Hannah und kicherte auf ihrem Platz. »Ins Kernkraftwerk.«

Wie wir jetzt sahen, hatten sie sogar winzige Kameras an den Bäumen, unten am See und an den Bahnschienen. Wir hatten geglaubt, dort wäre seit Jahren niemand mehr gewesen. Wir hatten geglaubt, dass Hannah unsere Hilfe braucht. Ich traute mich nicht, Nele oder Lu anzusehen. Es war einfach zu peinlich. Das Publikum lachte sich halb tot, als es uns über den Zaun klettern sah, weil wir Hannahs Schal entdeckt hatten.

»Jetzt kommt eine meiner Lieblingsstellen«, sagte Ulf.

Nele und ich standen vor der Kellertür, Lu kam runtergerannt, als er das Auto hörte.

»Das Auto war ein Himmelsgeschenk«, sagte Hannah. »Sonst hätte ich sie selbst einschließen müssen.«

Und dann sah man nur den schwarzen Raum und unsere Wärmebilder. Wie wir nach einem Ausgang suchten. Wie Nele an die Seite ging und sich hinhockte.

»Ist das nicht geil?«, fragte Ulf japsend.

Nele saß da mit hochrotem Kopf, und Hannah spendete ihr Beifall. »Superaktion. Hätte ich mich nicht getraut. Aber du bist da wohl ganz zwanglos.«

Sie zeigten sogar Körperwärmeaufnahmen, wie wir durch den verdammten Schacht krochen – drei rötliche Klumpen hintereinander. Drei rötliche Klumpen, die am Ende des Schachtes zu einem einzigen Klumpen verschmelzen und dann einzeln herunterfallen. Das Publikum kriegte sich gar nicht mehr ein vor Lachen.

»Sorry«, sagte Ulf und wischte sich Lachtränen aus dem Gesicht. »Tut mir leid, nicht bös gemeint, aber es war einfach zu herzig. Und wir haben das ja in Echtzeit miterlebt! Das ging live raus. Unsere Quote war da schon der Hammer. Aber ehrlich: Wir haben echt mit euch gezittert, ob ihr einen Ausweg findet!«

Die Show ging gnadenlos weiter. Uns blieb nichts erspart. »Und dann wart ihr erst mal weg«, sagte Ulf. »Die ganze Nacht haben wir wie blöde gesucht. Ohne die Drohnen hätten wir euch wahrscheinlich nicht mehr gefunden.«

Jetzt sah man Bilder, die von den Drohnen kurz vor der Heide gefilmt worden waren. Man sah uns über die Felder laufen. Wir sahen aus wie verwirrte Kinder, die sich nicht mehr zurechtfinden.

»Und dann kam der große Auftritt von Hannah«, sagte der Moderator.

Sie stand auf und machte eine Verbeugung vor dem Publikum, das sie feierte. Währenddessen liefen die Bilder, wie sie übers Feld rannte, hinfiel, sich aufrappelte. Und die Gestalten kamen hinter ihr her. Wie sie uns zuwinkte, in heller Panik. Oh Mann, Hannah.

»Ihr wart so goldig besorgt um mich«, sagte Hannah zu uns. »Ich wäre beinahe herausgeplatzt vor Lachen. Aber das hätte ja den Höhepunkt verdorben.«

»Ja, der Höhepunkt! Den waren wir euch und den Zuschauern natürlich schuldig. Und ganz besonders dir, Lu! Du warst unser heimlicher Star von Anfang an. Niemand hat sich so in *ilinx* reingekniet wie du. Wir wussten ja aus den Vorgesprächen, dass du eine gewisse Neigung zu Zombies hast. Wir haben deine Sequenzen entsprechend gestaltet, und das hat uns Wochen gekostet. Aber wir wissen auch, dass *ilinx* die Akzeptanz gerade von euch Gamern braucht. Und da warst du der Volltreffer, der smash hit.«

Lu sah nicht erfreut aus, als die Aufmerksamkeit sich so auf ihn fokussierte. Aber Ulf und der Moderator waren jetzt nicht mehr zu bremsen.

»Deshalb sind sie heute Abend ganz besonders für dich gekommen«, sagte der Moderator und breitete die Arme aus. Auf diese Geste hin öffneten sich die Türen des Studios, und unter dem tosenden Applaus, dem Kreischen der weiblichen Fans, dem Johlen der Männer schleppten sich die menschlichen Wracks hinein, die traurigen Gestalten, die uns noch am Mittag vor der Heide verfolgt hatten. Sie hatten sich nicht verändert. Ihre Anoraks immer noch zerschlissen, die Shirts teilweise in Fetzen herunterhängend, die Haare verkrustet oder verfilzt. Die Mienen waren meisterhaft weggetreten. Sie kamen die Studiotreppe herunter und auf uns zu. Manche hatten ihre Hände vorschriftsmäßig ausgestreckt, andere winkten schon ironisch. Es waren bestimmt fast hundert. Das Publikum jubelte ihnen frenetisch zu.

»Echte Brandenburger Landbewohner, total authentische Leute«, rief der Moderator. »Sie haben sich wochenlang auf ihre Rollen als Brandenburger Zombies vorbereitet, sie haben den ganzen Vormittag auf ihren Auftritt gewartet. Ich finde, das hat sich echt gelohnt! Selbst unter den Zuschauern waren viele, die sie allen Ernstes für Zombies gehalten haben. Die besorgt hier angerufen haben, ob die Zombieapokalypse begonnen hat. Ob man sich bewaffnen müsse. Ey, Leute, noch mal an alle: Es war ein Sche-herz!«

Die Schauspieler wendeten sich winkend dem Publikum zu, lachten und klatschten sich ab. Über die Studiowand liefen jetzt die Drohnenbilder ihrer Verfolgung, die uns in die Heide getrieben hatte.

»Es war sensationell«, japste Ulf. »Sensationell! Wir waren total überwältigt. Wir sind eine kleine, bescheidene Firma, aber das hier war natürlich der Durchbruch. Selbst in den USA berichten sie über uns. Die LA Times und die Washington Post haben unsere Bilder übernommen. BBC hat angefragt. Im Netz verbreiten die sich eh wie ein Lauffeuer. Ich sage nur: Danke, danke, danke.«

Wir saßen da wie die Deppen. Ich musste dauernd niesen. Nele versuchte zu lächeln, aber das misslang ihr völlig. Sie sah genauso beschämt aus wie Lu und ich. Lu hätte die Zombieschauspieler jetzt am liebsten weggeblasen, umgeknüppelt, weggelutscht, umgezergt. Das war ihm deutlich anzusehen. Aber wir waren diejenigen, die geownt waren. Gemörsert. Geplättet. Und zwar für immer und ewig.

Lilly und Alex hatte es nicht so schlimm erwischt. Sie waren zum Dorfbewohner mit dem Hund gegangen. Ich konnte ihrer Geschichte nicht mehr folgen, mir war abwechselnd heiß und kalt, an meinen Schläfen rann der Schweiß herunter. Ich fühlte mich überhaupt nicht gut. Während Ulf weitererzählte und von *ilinx* schwärmte und immer neue Ausschnitte einspielen ließ, wurde mir schwarz vor Augen, und ich kippte langsam zur Seite.

30. KAPITEL

Draußen war ein ganz normaler Dienstag, man hörte das Rauschen der Großstadt am Vormittag. Aber für mich galt eine andere Zeit. Ich lag in einem Krankenbett, wurde durch den Stationsflur zum Operationssaal geschoben, schaute zur Decke und zählte die Deckenplatten. Es waren weiße, quadratische Kunststoffplatten. Sie kamen mir bekannt vor. Wo eine fehlte, sah man Kabelstränge und Lüftungsrohre. Ich erinnerte mich daran, wie es war, durch so ein Lüftungsrohr zu robben, hinter mir Nele, dann Lu, irgendwo im Nirgendwo, in einem verlassenen Kernkraftwerk.

Der Transporteur, der mein Bett schob, war nicht gesprächig. Sein einziger Satz bisher war: »Ich bring dich jetzt zum OP.«

Ich sagte: »Okay.«

Seine Plastiklatschen quietschten auf dem Gang. Wir kamen an zwei Patienten in Bademänteln vorbei, sie schauten mich schweigend an. Ich wandte meinen Kopf wieder zur Decke. Die siebzehnte Deckenplatte glitt über mir vorbei und schien mit gleichgültiger Miene auf mich herabzuschauen. Mit einem automatischen Türöffner ließ der Transporteur die großen Verbindungstüren aufspringen.

»Alles wird gut«, sagte er. »Mach dir keine Sorgen.«

Er schob mich in einen großen Aufzug. Groß genug für Krankenbetten jedenfalls. Er nickte mir zu, drückte auf die minus Eins und holte sein Handy aus der Hosentasche, um seine Nachrichten zu checken. Ich war für ihn nicht mehr da, nur Transportgut.

»Okay«, sagte ich. Aber ich dachte: War ich hier nicht schon mal? Der Transporteur tickerte abwesend auf seinem Phone herum.

Wir kamen im Keller an. Mein Blick ging wieder zur Decke, auch hier starrten mich Kunststoffplatten an. Ich wandte den Kopf zur Seite. Grau gestrichene Wände. Kellergrau. Krankenhauskellergrau. Wir fuhren an leeren Krankenhausbetten vorbei, die hier geparkt waren. Oder man benötigte sie nicht mehr, weil die Patienten, die mit ihnen gekommen waren, keine Betten mehr brauchten. Nie wieder. Ich versuchte, ruhig zu atmen. Zählte meine Atemzüge, um keine Panik aufkommen zu lassen.

Der Transporteur schob das Bett flott um die Ecke, und ich musste anerkennen, dass er es gut draufhatte, den Winkel zu berechnen. Wir stießen nirgends an. Jahrelange Übung.

In diesem Bereich war das Licht gedämpfter, es passte zum kellergrauen Anstrich der Wände. Mein Bett hielt an. An der Tür stand: Vorbereitung OP.

»Da wären wir«, sagte mein Chauffeur und klingelte.

»Alles klar«, sagte ich.

Er nahm meine Patientenakte und überreichte sie einem nervösen Pfleger in einem grünen Kittel.

Zu mir sagte er: »Na dann – alles Gute!«

Es klang etwas ausgeleiert, als hätte er es schon tausendmal in dieser Woche gesagt.

»Danke, Ihnen auch«, sagte ich.

Der Pfleger im grünen Kittel sagte erst mal gar nichts. Die Stille gab mir Zeit, mich heimlich umzusehen, indem ich meinen Kopf hin und her drehte. Die Deckenplatten waren bestens verfugt. Nackte Kachelwände, zwischen denen ein grünliches Licht vibrierte. In der Ecke ein Ständer für Infusionen. Über mir ragte der Schwenkarm einer Operationsleuchte. Hinten das Regal mit Verbandszeug. An der Wand ein Defibrillator für Notfälle. Ein Beatmungsgerät.

»Die Anästhesistin kommt gleich«, sagte der Pfleger. »Wie heißt du denn?«

Ich schaute auf das schmale Plastikband an meinem Handgelenk. »Jan Stiebler«, sagte ich.

»Richtig«, sagte er mit einem Blick auf meine Akte. »Und was hast du?«

»Leistenbruch rechts«, sagte ich.

»Stimmt«, sagte er. Ich kam mir vor wie in einer Quizshow. »Ich hole mal eben den fahrbaren Operationstisch, dann kannst du schon mal herüberklettern«, sagte er. »Und die Haube kannst du auch schon aufsetzen.« Er gab mir eine grüne Plastikhaube. Ich setzte sie auf, während er den fahrbaren Operationstisch holte.

Er pfiff dabei munter vor sich hin, sein Job machte ihm Freude, das beruhigte mich.

»Lass dir ruhig Zeit«, sagte er, als er beide Liegen nebeneinander auf die gleiche Höhe gebracht hatte.

Ich kletterte hinüber. Hier war die Unterlage härter, keine

Matratze mehr, sondern fester Kunststoff. Keine Decke zum Zudecken mehr, ich lag in einem dünnen Hemd da. Mein Kopf befand sich in einer Mulde aus Hartgummi. Auch für die Arme waren Vorrichtungen da. Zum Festschnallen, falls nötig. Mein Blick ging wieder an die Decke.

In meinem Sichtfeld erschien ein Kopf, eine Frau mit freundlichen Augen. »Ich bin die Narkoseärztin«, sagte sie.

Danach ein zweiter Kopf. »Ich bin Tobias, der Assistent.«

»Hallo«, sagte ich. Mehr fiel mir nicht ein.

»Du bist Jan«, sagte die Ärztin.

Ich nickte.

»Ich lege dir jetzt einen Zugang«, sagte sie.

»Und von mir bekommst du zusätzlichen Sauerstoff«, sagte Tobias. Er hielt eine Maske über mein Gesicht. Ein kühles Gas zischte unsichtbar heraus. »Einfach ruhig weiteratmen.«

»Wozu ist das gut?«, fragte ich.

»Dann sind deine Lungen gut mit Sauerstoff gefüllt, und das ist super für den Atemstillstand nachher«, sagte er.

Okay, dachte ich. Atemstillstand? Ich fragte lieber nicht nach.

»Es pikst jetzt mal«, sagte die Narkoseärztin, und das stimmte. Ich spürte es deutlich, wie die Nadel in meine Haut eindrang.

»Alles gut«, sagte sie.

Aus dem OP-Saal kamen aufgeregte Stimmen. »Atmen Sie! Hallo? Können Sie jetzt atmen?« Dann wurde eine schwere Tür zugeschoben. Ich hoffte, dadrin war alles wieder in Ordnung. Ich dachte an die leeren Krankenbetten im Kellergang. Die Narkoseärztin und Tobias taten so, als hätten sie nichts gehört.

»Bei dir ist es ja nur ein kleiner Eingriff«, sagte die Ärztin. »Ich gebe dir jetzt ein Schmerzmittel. Kann sein, dass du dich davon etwas benommen fühlst. Vielleicht wird dir auch ein bisschen schlecht, aber das geht vorbei.«

Ich fühlte eine kühle Welle in meinem Arm, als sie die Flüssigkeit in meine Vene spritzte. Eine Weile passierte nichts. Das Schmerzmittel brauchte Zeit, um sich in meinem Körper auszubreiten und seine Wirkung zu entfalten. Wir hatten das mal in Bio gehabt, die wunderbare Welt der Synapsen und Neurotransmitter. Meine Füße waren auf einmal sehr weit weg. Ich schien ein wenig zu schweben, es war nicht unangenehm.

»Und jetzt kommt das Narkosemittel«, sagte die Ärztin, und ihre Augen waren wirklich freundlich, die Iris ein helles Grün. »Könnte etwas brennen am Anfang, aber gleich merkst du nichts mehr.«

Ich war mir ziemlich sicher, dass das Narkosemittel bei mir nicht wirken würde, weil ich zu aufgeregt war. In meinem Arm brannte es, ein goldenes Leuchten durchströmte mich, und ich begann zu fallen.

31. KAPITEL

Wo war ich? Bilder der New Yorker Subway rasten durch meinen Kopf, ich musste am Times Square umsteigen, um jemanden zu treffen, doch ich kam im Gedränge nicht weiter, dann bretterte ein Zug hinaus nach Queens, der Lärm ebbte ab, und ich träumte von einer griechischen Insel und hatte einen süßen Schmerz in der Leiste, als die Frau am Strand sich zu mir umdrehte, ihre Hand glitt über den Sand, und ich verstand – nein, ich verstand nichts, sondern stand am Abhang eines rötlichen Steingebirges, und der Wind nahm mich hoch und ließ mich hinausgleiten, über die Wüste hin, über Dünen und Geröllfelder, ich schaute mich um nach der Frau, nach Mia, sah sie zwischen den Bäumen eines fernen Waldes verschwinden, in einer Schlucht. Eine Ärztin beugte sich über mich und sagte: Sie haben es gleich überstanden, schlafen Sie gut.

Als ich aufwachte, saßen meine Eltern an meinem Bett. Eine Krankenschwester kam herein, blinzelte mir zu und ging wieder. Drüben am Fenster saß ein alter Mann und pulte an seinen Verbänden.

Meine Mutter nahm meine Hand, ich drückte ihre.

»Es tut mir leid«, sagte ich. »Ich wusste nicht, dass das Wochenende so derbe danebengeht. Hätte euch sonst angerufen.«

Beide nickten.

»War es schlimm für euch?«, fragte ich.

Beide nickten.

»Tut mir echt leid.«

Ich bewegte meine Beine. Da tat nichts weh, nur ein Verband spannte ein wenig.

»Du kannst nachher versuchen aufzustehen«, sagte mein Vater. »Und wir dürfen dich heute Abend mitnehmen, wenn der Stationsarzt einverstanden ist.«

»Ich habe von eurem Kühlschrank geträumt, als wir unterwegs waren«, sagte ich.

»Wir sind aus allen Wolken gefallen, als dieser Ulf uns am Sonntag angerufen hat, wir dachten doch, du bist bei deinem Freund«, sagte meine Mutter. Es klang nicht nach Vorwurf, aber ihre Stimme schnitt mir wirklich in die Seele.

Mein Vater holte einen Umschlag aus seiner Innentasche. »Der Ulf war ja selbst ganz betroffen, als du in der Sendung umgekippt bist. Kam persönlich vorbei und hat diesen Umschlag abgegeben. Er hatte sichtlich Schiss vor einem Rechtsstreit. Wenn ihr ihn verklagt, wird seine Firma das nicht überleben.«

Er legte den Umschlag auf meinen Nachttisch. Ich wusste, was drin war: eine Reise nach Detroit.

»Du hast übrigens schon Besuch«, sagte meine Mutter. »Wir gehen mal raus und reden mit dem Stationsarzt.«

Dann beugte sie sich zu mir und küsste mich. Es war schön, vertraut, und zugleich war es ein kleiner Abschied.

Mein Vater strich mir über die Hand. »Über deinen Sommer reden wir noch«, sagte er.

Sie gingen raus, und ehe ich mir den Umschlag ansehen

konnte, öffnete sich die Tür wieder, und Nele und Lu kamen herein.

»Du lebst ja immer noch«, sagte Nele.

»Ich freu mich auch, dich zu sehen«, antwortete ich.

Die beiden setzten sich auf mein Bett und wippten auf und nieder. Der ältere Mann am Fenster drehte sich schwerfällig um, sie winkten ihm zu.

»Du bist ein Star«, sagte Lu. »Wir alle sind Stars. Mittlerweile ist das ganze Netz voll mit dieser Geschichte. Eigentlich genau das, was Ulf erreichen wollte.«

»Auch wenn er seine Firma jetzt wahrscheinlich schließen muss«, sagte Nele. Sie deutete auf den Umschlag auf meinem Nachttisch. »Aber das Honorar hat er prompt gezahlt, da kann man nicht meckern.«

»Wann kannst du wieder aufstehen?« Lu sah mich ungeduldig an. »An deiner Stelle würde ich hier nicht die Nacht verbringen. Du weißt schon.« Sein Blick wanderte unauffällig zum Patienten am Fenster. Er zog die linke Augenbraue hoch.

»Er sieht überall Zombies, immer noch«, sagte Nele zu mir. Dabei strich sie Lu über den Kopf wie einem hoffnungslosen Fall.

»Vor allem, wenn ich euch beide vor Augen habe«, meinte er. Wir schlugen uns ab.

Und ich hatte wieder Lust auf Berlin.

Und auf Detroit – im Sommer.

EPILOG

Von außen sah die verfallene Kirche genau aus wie im letzten Jahr, nur der Schlamm und die Pfützen waren eingetrocknet. Ich stand vor dem Kellereingang und zögerte.

Kalte, feuchte Luft schlug mir entgegen. Es war, als stünde ich am Eingang zu einer Gruft. Draußen war es warm, aber hier drin merkte man davon nichts. Die Wände hatten die Kälte und die Feuchtigkeit des Winters gespeichert und die vieler langer Winter zuvor. Aber ich zitterte nicht nur deshalb. Was, wenn sie nicht gekommen war? Ich hatte sie unbedingt hier treffen wollen, weil ich sie mir meistens hier vorgestellt hatte, wenn ich an sie dachte. Mia. Hier war ich für einen Moment wirklich glücklich gewesen. Als ich mit ihr in der Bank saß, hatte ich eine Verbundenheit gespürt, die ich bis dahin nicht gekannt hatte.

Schließlich überwand ich mich. Ich musste es herausfinden. Ich würde ihr von dem Spiel erzählen und dass sie auch darin vorgekommen war. Oder lieber doch nicht. Entschlossen schlüpfte ich in den Keller und stieg die Treppe hinauf. Als ich das Kirchenschiff erreichte, glitt mein Blick sofort zu der Bank, in der wir gesessen hatten. Sie war leer.

Enttäuscht ging ich darauf zu und setzte mich hinein, starrte auf die Reste des Altars vor mir. Der Flügel mit seinem abgebrochenen Bein kniete noch immer stumm in der Ecke. Der letzte Rest des Tageslichts sickerte aus dem Raum, aber ich hatte keine Kraft mehr, aufzustehen und zu gehen. Ich verstand es einfach nicht. Gut, sie hatte nicht auf meine Nachricht geantwortet, aber sie musste sie bekommen haben. Ich war so sicher gewesen, dass sie trotzdem kommen würde. Es hätte ihr so ähnlich gesehen, nicht zu antworten, um mich dann hier zu überraschen. Kannte ich sie wirklich so wenig? Was war nur passiert? Sicher hatte sie einen anderen gefunden, einen, der bei ihr war, der nicht so weit weg wohnte. Ich blieb sitzen, ratlos. Ich war nun endlich in Detroit, hatte mein Ziel erreicht, aber wozu?

Es war schon fast völlig dunkel, als ich aufschreckte. Etwas rieb sich an meinem Bein. Ich starrte hin, auf alles gefasst, und blickte im Halbdunkel in die Augen eines kleinen gescheckten Hundes. Er saß da und sah mich an, mit schief gehaltenem Kopf. Er schien noch ziemlich jung zu sein und hatte ein Knickohr.

Ich hörte ein Knirschen wie von leisen Schritten hinter mir und fuhr erschrocken herum.

»Wie ich sehe, habt ihr beiden euch schon kennengelernt.«

Vor mir stand Mia.

Mein erstauntes Gesicht verzog sich unaufhaltsam zu einem breiten Grinsen. »Ist das deiner?«

Sie nickte, drängelte sich in die Kirchenbank und setzte sich neben mich. Jetzt saßen wir wieder genau so wie damals. Ich wagte nicht, ihre Hand zu nehmen. Ich hatte das Gefühl, wenn ich es tat, könnte das Trugbild sich auflösen.

Ich spürte Mias Kopf an meiner Schulter, und da legte ich den Arm um sie. Sie blieb. Sie löste sich nicht auf, sie ging nicht weg, und sie verwandelte sich nicht in Hannah. Sie blieb. Ganz tief sog ich den Duft ihrer Haare ein, den ich nie wieder vergessen wollte.

Keiner von uns sagte ein Wort. Es gab auch nichts zu sagen. Wir waren einfach froh, dass wir waren, wo wir waren.

Nach einer Weile machte Mia sich los, sprang auf und fragte: »Was ist, kommst du?«

DANKSAGUNG DES AUTORS

Ich danke der Stadt Rheinsberg, dem Kurt Tucholsky Literaturmuseum und dessen Leiter, Dr. Peter Böthig, für das Stipendium »Stadtschreiber zu Rheinsberg« 2014.

Andy Hahnemann hat mich auf die Idee gebracht und in diverse virtuelle Realitäten mitgeschleppt.

Hannah Kumsteller und Bonni Benne haben das Manuskript als Erste gelesen und sachkundig kritisiert.

Dank auch an Pauline Klein und Julia Ritter für freundlichen Rat, an Dorothée Leipoldt für kreativen Beistand, vor allem an meine Lektorin Claudia Müller für ihr Sprachgefühl, ihre Geduld und Unterstützung.

LESEPROBE

Wir haben uns gestritten, jetzt ist Moe sauer auf mich. Sie hat sich umgedreht und rennt voraus. Warte doch, will ich sagen, doch ich bin selbst viel zu wütend, um sie noch um irgendwas zu bitten. Mein Herz schlägt unglaublich schnell. Das Pochen füllt meinen Brustkorb, es ist wie ein heftiger Galopp, ein schwarzes Pferd in der Nacht.

Ich renne hinter Moe her und sehe noch, wie sie am Ende der Straße in der Luke verschwindet. Zwei Typen, die Köpfe unter Kapuzen verborgen, halten für sie die Eisenklappe am Boden auf. Sie schaut sich nicht um, ob ich hinterherkomme. Einer der Kapuzenmänner blickt auf sein Smartphone und nickt seinem Kollegen zu. Sie schauen sich noch einmal um, ehe sie die Tür schließen. Ich renne die Straße hinunter, ihnen entgegen, ich winke ihnen zu. In meinem Brustkorb prescht das Pferd im gestreckten Galopp über eine endlose Ebene.

Ich erreiche sie, als sie sich schon abwenden, im letzten Moment.

Mach hin, du bist der Letzte, der noch reinkommt, sagt der eine. Wir machen zu, dann kommt keiner mehr rein.

Der andere lacht und sagt: Oder raus.

Ich klettere die Eisenkrampen an der Wand herunter. Es ist ein Notausstieg, der in die U-Bahn-Tunnel mündet. Er führt als breiter Schacht hinunter auf ein Abstellgleis. Mein Herz pocht immer noch heftig, nein, dies ist nicht mein Herz, es sind Bässe, die aus der Dunkelheit unter mir kommen. Ich klettere weiter, ihnen entgegen, ich muss Moe finden, ehe etwas geschieht.

Ein kalter Geruch nach altem Mörtel schlägt mir entgegen. Ich erreiche den Schotter, taste über zwei Schienen, pass bloß auf die Stromschiene auf, erinnere ich mich mechanisch, die beiden Kapuzenjungs über mir sind verschwunden, hier unten ist es absolut und undurchdringlich dunkel.

Ich strecke die Hände aus, meine Finger tasten eine Wand, ich folge ihr. Die Bässe führen mich, locken mich, ängstigen mich.

Wo bist du, sage ich in die Dunkelheit hinein. Niemand hört mich hier. Ich selbst höre kaum meine eigene Stimme. Und trotzdem rufe ich: Moe. Wo bist du?

Endlich zeigt sich ein Lichtschein – rötlich, ein Flackern von Kerzen und Teelichtern, die in einer langen Reihe stehen und den Weg weisen in das hohe Gewölbe eines U-Bahnhofs, von dem niemand etwas weiß als eine Handvoll von Urban Explorern und Musiknerds und Graffitikünstlern.

Wir haben ihn im letzten Jahr entdeckt. Wir gehen nicht oft hierher. Es ist nicht angenehm hier unten.

Aber in dieser Nacht spielt DJ Evil. Dies sind seine Bässe, seine Beats, er ist der Gott der tiefsten und der härtesten Bässe. Wer ihn einmal gehört, eine Tanznacht unter seiner Ägide durchlitten hat, der ist ihm verfallen.

Ich nicht. Ich wollte nicht wiederkommen. Moe wollte. Deshalb haben wir uns gestritten.

Drei Gestalten kommen mir entgegen. Viel zu jung, sechzehn vielleicht, höchstens siebzehn. Sie taumeln.

Geh da nicht hin, sagt einer der Jungen. Da ist es echt schlimm.

Ich höre nur die Bässe. Die dumpfen Schläge, die durch das unwahrscheinlich tiefe Gewölbe dieses verlassenen Untergrundbahnhofs wabern. DJ Evils düsterdunkle Beats. Die satten Bässe rollen an wie schwere Wellen und schlagen mit solcher Wucht gegen meinen Bauch, dass mir schlecht wird. Geh da nicht hin.

Wo ist Moe?, frage ich die Jungen. Doch sie hören mich nicht mehr, sie gehen einfach weiter und halten sich die Ohren zu.

Wo ist Moe?

1. KAPITEL

Jemand hatte meinen Namen gerufen: *Lennart, Lennart!* Ich setzte mich schlaftrunken auf, rieb mir über das Gesicht und versuchte, die Augen zu öffnen. Die Stimme hallte in der Ferne nach: *Lenny, Lenny!* Eine Mädchenstimme, die ich eigentlich gut kannte, hell und ein bisschen heiser, und sie klang sehnsüchtig, als sie sich immer weiter entfernte. Nur in meinem Kopf.

Über mir ein Gewölbe aus Stahlstreben und Glas, ein paar Tauben flatterten unruhig herum. Von einem entfernten Gleis kam eine Lautsprecherdurchsage, die ich nicht verstand. Ein schriller Pfiff gellte, und der Zug verließ die Bahnhofshalle. Die Uhr über mir zeigte halb fünf morgens. Mir war kalt. Ich fühlte mich elend. Nirgends fühlt man sich einsamer als auf einem fremden Bahnhof nachts um halb fünf.

Ich stand auf und ging ein paar Schritte, um von meinen Kopfschmerzen wegzukommen, doch sie folgten mir mit einem beharrlichen Ticken, als würden kleine Hämmer gegen die Innenseite meines Schädels schlagen. Einige Gleise weiter fegten zwei Männer in orangefarbenen Overalls den Boden, ein anderer leerte die Abfalleimer. Über ihm sah ich das Schild *Hamburg Hauptbahnhof*. Okay. Ich nickte, als wäre damit irgendwas klarer geworden, aber genauso gut hätte ich den Kopf schütteln können.

Hamburg Hauptbahnhof. Ich hatte keine Ahnung, wie ich hierhergekommen war. Offensichtlich mit dem Zug, aber woher? Weshalb? Wann? Und wer war ich? Alles, was ich wusste, war dieser Name, den eine Mädchenstimme in meinem Kopf rief: *Lennart. Lenny …*

Ich griff in meine Hosentasche. Da war so gut wie nichts. Nur ein zerknüllter Fünfeuroschein. Ein Taschentuch. Ein paar Cent Kleingeld. Kein Schlüssel. Kein Zugticket. Kein Ausweis. Kein Smartphone mit ein paar Nummern, wo ich hätte anrufen können, um mich zu erkundigen, was eigentlich los war. In der hinteren Hosentasche fand ich einen Streifen Passfotos, zerknittert. Vier schwarz-weiße Bilder untereinander, die man in den Fotoautomaten kriegt. Er zeigte ein Mädchen in Partystimmung. Victory-Finger. Kussmund. Unglaubliche Augen. Das dunkle Haar zum Pferdeschwanz gebunden. Auf dem letzten Bild fielen ihr ein paar Strähnen ins Gesicht, und sie lachte.

Ich kam nicht auf ihren Namen. Ich kam nicht auf meinen eigenen Namen. Ich stöberte noch mal durch alle meine Taschen, aber ich fand sonst nichts. Die Panik wurde schlimmer. Ich musste mit jemandem reden. Einen Kaffee trinken. Einfach wieder in die Spur kommen, dann würde sich auch klären, wie ich hier stranden konnte. Und hoffentlich würde dann das ununterbrochene, feine Hämmern in meinem Schädel aufhören.

Ich ging die Treppe zu den Geschäften hoch. Sie waren alle geschlossen. Hinten am Ausgang, am Tischchen einer Frittenbude, die noch beleuchtet war, standen drei Männer. Zu ihren Füßen lagen mehrere Plastiktüten. Die Männer trugen speckige JPN-Anoraks und Baseballkappen. Sie starrten auf ihre Bierflaschen und rauchten. Irgendwo dudelte ein kleines Radio. Ich ging zu ihnen hin, sie wirkten harmlos. Ich brauchte einen Kaffee.

»Glaub ich nicht, dass die absteigen«, sagte einer der Männer eben. »Der HSV steigt niemals ab. Wir sind der Dino. Die Uhr läuft.«

Dann schwiegen sie und sahen mich an. Ich nickte ihnen zu, weil mir nichts einfiel, womit ich das Gespräch beginnen konnte, deshalb lächelte ich nur. Sie reagierten nicht darauf. Was sollte ich auch fragen? Können Sie mir sagen, wer ich bin? Woher ich komme? Ich sagte nichts, sondern stand nur da.

Kalle's Futterluke stand über dem Imbiss. Keine Ahnung, ob es Kalle war, der die Geräte abwischte und die letzten Fritten im brodelnden Fett aufschüttelte. Ich wollte nur einen Kaffee. Ich trat an den Tresen und legte meinen Fünfer auf das Schälchen.

»Einen Kaffee.«

Der Frittenkoch drehte sich um, der Mund ein einziger bitterer Strich der Verachtung, und zog wortlos die Scheibe zu. Ich nahm meinen Fünfer zurück.

»Schon schlimm, was Drogen mit den jungen Menschen machen«, sagte einer der Männer halblaut. Dabei musterte er mein Gesicht mit beiläufiger Herablassung.

»Guck einfach nicht hin«, sagte sein Kumpel leise.

Am Beginn der Ladenzeile tauchten zwei Security-Männer auf. Sie schlenderten an den heruntergelassenen Rollläden entlang. Einer hatte einen kurzen Gummiknüppel in der Hand und ließ ihn über die eisernen Falten der Rollläden rasseln. Bei diesem Geräusch richteten sich die Härchen meiner Unterarme auf. Die Security-Männer kamen langsam näher. Auch die Trinker hatten sie jetzt bemerkt.

»Geh mal lieber weiter, Junge«, sagte einer von ihnen in meine Richtung und bückte sich nach seinen Plastiktüten. »Die sind in letzter Zeit ziemlich angespannt. Juckt ihnen dann in den Fingern.«

Ich konnte schon das Quietschen ihrer Gummisohlen hören. Sie hatten uns entdeckt und steuerten auf uns zu.

Das Scheppern des Knüppels wurde immer hässlicher, je näher es kam. Ich ging in den nächsten Gang hinein, nur weg von ihnen, den Blick auf den Boden gerichtet. Ich sah Kaugummireste. Schnipsel von Tickets. Ketchupverschmierte Frittenschälchen. Kronkorken. Hinter mir hörte das Geräusch des Gummiknüppels abrupt auf. Die Security-Leute standen jetzt vermutlich bei den Trinkern und schauten in meine Richtung. Auf keinen Fall umdrehen. Würde mich nur verdächtig aussehen lassen.

In diesem Moment sah ich die Tür einer öffentlichen Toilette halb offen stehen und schlüpfte hinein. Im Vorraum saß eine ältere Frau an einem Tisch. Auf der Plastikdecke stand eine Untertasse. Drei Zehncentstücke lagen darin, wahrscheinlich als Ermahnung für neue Kunden, das Bezahlen nicht zu vergessen. Die Frau hatte die Hände über dem Bauch gefaltet. Sie trug einen Kittel, der vielleicht einmal weiß gewesen war, jetzt war er gelblich und voller Flecken. Ihr Kopf war nach vorn gesunken. Sie schnarchte leise.

Ich ging an ihr vorbei in die Männertoilette. Hier stank es ekelhaft nach Urin, kaltem Zigarettenrauch, Reinigungsmitteln und abgestandenem Schweiß. In der vorletzten Kabine hockte ich mich auf die Klobrille, ohne die Hosen herunterzulassen, zog die Knie an und wartete. Die Kabinentür ließ ich angelehnt. Vielleicht würde das die Security-Männer täuschen. Um mich abzulenken, faltete ich meinen Fünfeuroschein längs und strich ihn sorgfältig glatt. Lange musste ich nicht warten. »Er ist weitergegangen«, sagte eine Stimme im Vorraum. Die Sohlen quietschten auf den Bodenfliesen.

»Nur mal kurz checken«, sagte der andere. Seine Stimme klang schon näher.

»Keiner da.« Jetzt waren sie in der Männertoilette.

»Jemand hier?«, rief der erste und lachte wie ein kleiner Junge.

»Ich muss eh mal«, sagte der zweite Mann. Er grunzte leicht, kurz darauf hörte ich es plätschern.

»Der Junge geht uns durch die Lappen«, sagte sein Kollege. Er klopfte mit seinem Gummiknüppel ungeduldig gegen eine Kabinentür.

»Mit dem war eh nichts, der hatte einfach nur seinen Zug verpasst.«

Wasserrauschen am Waschbecken. Papierrascheln. Einer der beiden hustete, es klang genervt.

»Doch, mit dem Jungen war was. Mit dem stimmte was nicht. Der ist vor uns weggelaufen. Irgendwas war mit dem.«

»Wir finden den noch, der wird hier irgendwo herumlungern.«

Ich blieb, wo ich war, ließ meinen Blick über den Fußboden der Kabine wandern und wartete. Mit jeder Sekunde, in der sie sich von mir entfernten, wurde ich etwas ruhiger.

Dann hörte ich, wie eine Frauenstimme zu keifen begann. Die Toilettenwärterin war aufgewacht, und offensichtlich hatten die beiden Security-Jungs vergessen zu zahlen. Sie schimpfte in ziemlich unverständlichen Satzfetzen, gespickt mit polnischen Flüchen.

Ich wartete noch eine Weile. Dann drückte ich möglichst leise die Klospülung und verließ die Kabine. Die Toilettenfrau saß wie vorher auf ihrem Stuhl, das Kinn auf die Brust gesenkt, sie atmete tief und regelmäßig. Die Hände hatte sie vor dem Bauch gefaltet.

Auf ihrem Tellerchen lagen noch immer nur die drei Münzen von vorhin. Ich legte meinen Fünfeuroschein dazu. Die Toilettenfrau öffnete ihre Augen einen winzigen Moment lang, nickte kaum sichtbar und hob ihre linke Hand ein wenig an, als wollte sie mir zuwinken. Dann nahm sie den kleinen Schein vom Teller und schob ihn in die Tasche ihres Kittels.